I0543751

EL ESPEJO

Laura Echevarría

**Finalista
VIII Concurso Internacional de Novela
Contacto Latino**

El espejo
Todos los Derechos de Edición Reservados
© 2020, Laura Echevarría
Portada © 2020, Alex Argüelles
Instagram: @alex_arguelles_echevarría
Pukiyari Editores

Prohibida la reproducción total o parcial de este libro.
Este libro no puede ser reproducido, transmitido,
copiado o almacenado, total o parcialmente, utilizando
cualquier medio o forma, incluyendo gráfico,
electrónico o mecánico, sin la autorización expresa y
por escrito del autor, excepto en el caso de pequeñas
citas utilizadas en artículos y comentarios escritos
acerca del libro.

ISBN-13: 978-1-63065-130-5

PUKIYARI EDITORES
www.pukiyari.com

Todo mi agradecimiento para Alex Argüelles, por su talento y compromiso para realizar la portada, aun en tiempos de pandemia.
Gracias a Alejandra y Adriana Barajas, por su ayuda incondicional.
A Rocío Echevarría, por su siempre generoso apoyo.
Y a Amaranta Argüelles y Alejandro Lubezki, por sus sabios consejos.

A Román Calvo, mi madre,
dondequiera que se encuentre.

Índice

CAPÍTULO
UNO

Tenía yo catorce años cuando un día me llamó mi madre para decirme que ya me tenía apalabrada para casarme, que por fortuna dio con un hombre que me aceptaba como mujer a pesar de mi mal carácter y mi extraña manera de ser. Para ella eso significaba quitarse un gran peso de encima. Rita, mi gemela, que era una joven llena de virtudes, no tendría ningún problema en encontrar a alguien que la quisiera como esposa. Mis hermanas mayores ya estaban casadas, algunas con hijos. Como mi madre era viuda yo comprendía su situación; sin embargo, me negué rotundamente y saqué mis mejores argumentos: le dije que yo prefería quedarme soltera y acompañarla en su vejez, que me tendría a su lado para ayudarle en el trabajo diario. Como ella no cedía en su decisión entonces lloré, supliqué, me le hinqué, pero no hubo forma de conmoverla. Se quedó callada con la resolución reflejada en su rostro, los brazos cruzados y la barbilla en alto. Dio media vuelta y salió con pasos firmes, dejándome sola en la habitación.

Mi verdadero sueño no era quedarme junto a ella, en eso confieso que le mentí; lo que yo deseaba era irme del maldito pueblo en el que nací y estudiar para hacer algo más en la vida que trabajar de sol a sol con un marido que me mandara y un montón de escuincles que cuidar.

Tiburcio era un hombre de treinta años, se dedicaba al campo y vivía en una casa arriba del cerro. Yo lo conocía porque ocasionalmente bajaba al pueblo e iba a la tienda de mi madre a venderle frijol, y yo había notado que me miraba de reojo. Era chaparro, tenía las piernas y los brazos cortos pero muy musculosos. No era moreno del tipo indígena sino más bien colorado, de esos que les llaman "bolillos". Estaba curtido por el sol y era muy peludo, cosa muy rara entre la gente del pueblo. Nunca hacía plática y se limitaba a hablar lo indispensable para hacer sus ventas o sus compras. No es que fuera especialmente feo, pero tenía los ojos de color amarillo y eso le daba un aspecto felino que a mí no me agradaba.

No sabía qué podía hacer para evitar que me casaran con Tiburcio, podría escapar, pero no tenía dinero ni lugar a donde ir. Nunca había llegado más allá de Iguala y no tenía parientes ni amigos a los que pudiera pedir ayuda. Pensé en la señorita Adela, mi maestra de primaria, ella me ofreció la posibilidad de irme a México para que estudiara la secundaria, pero a mí me parecía algo fuera de mi alcance. En los años sesenta, uno simplemente obedecía a sus padres sin rechistar y sobre todo en una familia humilde de pueblo. Me sentí desesperada, me derrumbé en una silla y me puse a llorar en silencio.

—No llores, hermanita, deberías de estar contenta.

Me sobresalté al oír la voz de Rita porque al estar tan metida en mis pensamientos no la escuché cuando entró a la habitación. Me levanté de la silla y volteé hacia ella. Por unos instantes, como siempre me ocurría al estar frente a ella, tuve la impresión de verme en un espejo. El sol ya se ponía y la habitación se cubría de sombras, tal vez por esa penumbra la sensación duró un poco más que de costumbre. Mis ojos se reflejaron en ese espejo, uno negro y el otro azul; la misma estatura, las mismas facciones, el mismo pelo negro caído sobre los hombros. Levanté mi mano izquierda y me sequé una lágrima; el reflejo hizo lo mismo a pesar de que no tenía ninguna lágrima que secarse. Me pareció que el tiempo se detenía, no se escuchaba ni un solo ruido, ni siquiera afuera se oían los grillos, era el momento en que muere la tarde mas no ha llegado la noche.

La ilusión se rompió cuando Rita impulsivamente me abrazó con ternura.

—Hermana querida, no estés triste, vas a ver que es lo mejor para ti. Tiburcio tiene fama de ser un hombre trabajador y si te escogió por mujer fue por algo. Él, a pesar de tus problemas, te acepta y está dispuesto a formar un hogar contigo. ¿Qué más puedes desear?

—Es que yo no lo amo ni quiero ser su esposa, Rita.

—El amor ya vendrá. Piensa que vas a ser dueña de una casa y de una tierrita; que estar casada te va a hacer una mujer respetable; que tendrás hijos que te cuiden el día de mañana...

—¡Una casa en el cerro, Rita!, que ve tú a saber cómo es, y yo no veo por qué una mujer no es respetable si no se casa, y además no tengo ningún deseo de llenarme de niños para cuidarlos todo el día.

—¿Lo ves? Con esa manera de hablar y esas ideas que tienes, ¿cómo no quieres que la gente te considere rara? Respetable, claro que puede ser una mujer soltera; pero no creo que tú, que te pasas la vida haciendo maldades, impidas que la gente hable mal de ti.

Sus ojos brillantes y dulces me miraban con ternura, y en su sonrisa podía yo saber que todo lo que me decía le nacía del corazón; sin embargo, su actitud y sus palabras me empalagaron, le di la espalda y me asomé por la ventana.

—Soy muy joven y él me lleva más de quince años.

—Precisamente por eso, porque eres joven tienes ahora la oportunidad de casarte, ¿o tú crees que ya mayor alguien te va a querer? Mira a Carmen, ella se casó a tu edad y es feliz con su marido y sus hijos. Yo seguramente también me casaré en unos meses, Victoriano ya me lo insinuó y su madre me quiere mucho a pesar del agravio que le hiciste.

—Yo no le hice nada. Esa doña Clotilde es una vieja loca.

Rita sonrió condescendiente y movió la cabeza hacia los lados con ese gesto tan suyo que la hacía parecer una dulce niña y a la vez una comprensiva mujer adulta. Giró sobre sí misma y se alejó, dejándome de nuevo sola con mis pensamientos.

Esa historia de doña Clotilde sucedió apenas unos meses atrás y en ese momento estuve casi segura de que fue el detonador para que mi mamá tomara la decisión de casarme. Doña Clotilde fue a pegarle de gritos a mi madre acusándome de haberle hecho el "mal de ojo". Según ella, yo le coqueteaba a su hijo Victoriano y como la mujer se oponía rotundamente a esa relación por "motivos obvios" inventó que "había sentido el odio de mi mirada".

—¡Facunda! —le gritó a mi madre mientras me apuntaba con su dedo—. Mira, ven a ver las bolas que me sacó en el cuello tu condenada hija.

Mi madre, muy preocupada hizo entrar a doña Clotilde a la casa y le pidió a Tomasa que preparara té de tila para ella y la mujer.

Tomasa era la mayor de mis hermanas, se había casado a los diecisiete años y tenía dos niños. Maximino, su esposo, se fue de bracero a Estados Unidos tres años atrás y desde entonces ella y sus hijos vivían con nosotros en espera de que Chimino juntara suficiente dinero y los mandara llamar. Para él era imposible regresar, a menos que decidiera quedarse en México, porque como ya lo tenían fichado los gringos como "ilegal", si salía de Estados Unidos sería para siempre. Él le enviaba dinero a mi hermana junto con la esperanza de que algún día se reunieran del otro lado del río Bravo.

Clotilde, al borde de la histeria, literalmente se dejó caer en una silla; yo pensé que la iba a romper porque la señora era más bien obesa. Contrastaba su gorda figura con la delgadez de mi madre. Los ojos azul intenso de mi mamá me echaron una mirada iracunda y con una señal de su mano me mandó a la cocina.

—¡Toca, Facunda, toca mi cuello para que te convenzas de lo que me hizo tu hija...! Esta mañana no tenía nada y al pasar por tu casa, Marina miraba por la ventana y clarito sentí como una oleada de maldad me llegó desde sus ojos hasta mi cuello. Derechito, ¡así como un rayo!

—Doña Clotilde, cálmese usted por favor, seguramente ya las tenía y hasta ahorita las notó. Pero, mire, en este instante mando llamar a don Crisóstomo, a ver qué nos dice. No se preocupe, algo se podrá hacer.

Doña Clotilde pareció tranquilizarse un poco, pero aun así estaba pálida y la taza de tila tembló en su mano cuando se la llevó a la boca. Tomasa salió de prisa a buscar a don Crisóstomo.

Mientras tanto el resto de mis hermanas y yo permanecíamos en la cocina. Todas me miraban de reojo y nadie decía palabra. Yo sabía perfectamente que esa mujer me tenía tirria, decía que yo le coqueteaba a su hijo Victoriano, lo cual era absolutamente falso; más bien era él quien nos coqueteaba a Rita y a mí. A mi hermana siempre le gustó ir con las amigas a dar la vuelta en el zócalo los sábados en la tarde. Ahí conoció a Victoriano, que le echaba miraditas cada ronda que coincidían al caminar en círculos alrededor de la fuente, como es la costumbre: los muchachos en un sentido y las chicas en el otro. Pero, luego, él venía a la tienda y se ponía a coquetear conmigo... a lo mejor le daba lo mismo la una que la otra.

Dejé de cavilar cuando escuché que llegaba don Crisóstomo. Era un hombre muy viejo, tanto que ni siquiera él sabía su edad. Nadie en el pueblo lo había conocido joven. Se decía que tenía poderes para sanar a la gente y era capaz de soñar con cualquiera de los habitantes del pueblo y de ese modo predecirles el futuro. A mí, el viejo me daba miedo y siempre procuraba esquivarlo; no era difícil porque estaba ciego, sus ojos estaban nublados por una mácula y siempre traía consigo a un niño para que lo guiara. Los chamacos del pueblo se peleaban por acompañarlo porque siempre les daba un tostón cuando le servían de lazarillos. También tenía título de granicero porque logró sobrevivir a un rayo que le cayó hacía muchos años y por eso tenía además el poder de adivinar si llovería o vendrían sequías; muchos campesinos lo consultaban para saber cuándo sembrar y cuándo cosechar.

Me asomé para verlo desde la cocina. Tenía el pelo completamente blanco y tan largo que le llegaba hasta la cintura, lo llevaba atado con una cinta en la nuca; vestía completamente de blanco, con unos collares de cuentas de colores en el cuello; sus pies, que calzaban huaraches, eran tan rugosos y callosos que yo estaba segura de que no necesitaba usar zapatos para caminar. Sus ojos blancos voltearon hacia mí y por un instante sentí cómo nuestras miradas se cruzaron. Me dio tanto miedo que en seguida me escondí atrás de la puerta con el corazón latiéndome a toda velocidad.

Cuando tomé valor volví a asomarme; lo habían sentado en una silla, permanecía encorvado con la cabeza hundida entre sus hombros y atendía en silencio las quejas de doña Clotilde. Después le pidió a la mujer que se le acercara y sacó de entre su camisa blanca una mano seca y nudosa. Sus uñas amarillas eran tan largas como el tamaño de la falange que la ocupaba. Extendió el brazo y examinó el cuello de doña Clotilde; al terminar, volvió a la posición anterior.

Se quedó callado alrededor de cinco minutos. Todas en la casa guardamos total y absoluto silencio, hasta los pájaros dejaron de cantar. Por fin abrió la boca desdentada.

—Facunda, ve a llamar a tu hija Rita.

Mi madre obedeció sin chistar, se dirigió a la cocina, tomó de la mano a Rita y la llevó en presencia de don Crisóstomo.

—Rita, sabes que desde la nacencia tuya y de tu doble, Marina, ella trajo unas disposiciones. Su alma fuerte es señal de que, entre sus poderes, tiene la mirada caliente y fija con la que puede ojear a una persona y causarle un mal. Ahora, así como tu hermana tiene ese dominio de causar enfermedad, tú tienes otro que te ha dado Dios para componerlas, eso yo lo sé porque sí. Entonces, así como son tan iguales por fuera, sus ojos están al revés y por eso la mirada de tu hermana es penetrante y la tuya suave. Ahora vas a sobarle el cuello a esta mujer como yo te voy a instruir.

Rita se acercó obediente e hizo todo lo que don Crisóstomo le ordenó: primero sobó de abajo hacia arriba y después en círculos. Mientras, el viejo prendió incienso y comenzó a rezar. Todos los ahí presentes vimos cómo las hinchazones del cuello de la mujer empezaron a desaparecer. Yo, como a veces me sucedía, comencé a ver todo negro y entonces me escabullí entre avergonzada y furiosa. Corrí al monte y ahí me quedé todo el día hasta que oscureció. Ya después, más calmada, le pregunté a Tomasa en qué terminó el drama de doña Clotilde y los rezos de don Crisóstomo. Me contó que todos llenaron de halagos y mimos a Rita por la proeza de haberle deshinchado las bolas a la mujer; que mi madre se veía muy orgullosa y que una vez más se puso a platicar del día que nos parió.

Esa historia me la sabía de memoria: Rita salió primero, fácil y rápido; yo, en cambio, me di la vuelta a la mera hora y llegué al mundo de patas, además tardé otra hora en nacer. Sus dolores eran insoportables y las fuerzas le flaqueaban, entonces la comadrona decidió meter el brazo hasta el codo dentro de mi madre, me agarró por los pies y me jaló. Yo casi me ahorco con el cordón umbilical que traía enredado en el cuello, pero la partera rápidamente tomó unas tijeras y me liberó porque yo ya empezaba a verme morada. A los pocos segundos pegué un berrido que se escuchó hasta más allá del río Balsas. Después, cuando se recuperó un poco, le trajeron a las niñas y se sintió confusa y afligida porque no tenía idea de cómo iba a lograr reconocer cuál era cuál de tan igualitas; pero se sintió aliviada cuando se dio cuenta, semanas después, de que teníamos los ojos de diferente color, pues, como ya he dicho, mi ojo derecho es negro y el izquierdo azul, y mi hermana los tiene exactamente al contrario. Y, además, mientras Rita era tranquila y calladita, yo siempre tenía hambre, lloraba a gritos y sólo quería que me trajeran en brazos.

Era como una letanía que le encantaba rezar a mi madre.

Desde siempre la gente del pueblo inventó muchas cosas sobre mí: se decía que yo hacía hechizos a los muchachos para que se enamoraran de mí; me culpaban si padecíamos sequía o si llovía demasiado, si la cosecha se echaba a perder, si los frijoles tenían plaga de corucos o si se moría alguien. Y si un niño chiquito se enfermaba era porque yo lo había "ojeado"; también afirmaban que me vieron en el cerro haciendo una fogata a medianoche y un montón de mentiras por el estilo. Pero a partir del episodio de doña Clotilde, las habladurías empeoraron y a cada rato venían por Rita y se la llevaban a la iglesia para que rezara y usara su magia blanca para deshacer mis supuestos entuertos. Si alguien enfermaba, un pariente venía a pedirle que fuera a soplar a la cara del niño o a dibujar una cruz con su saliva por el cuerpo del enfermo o a beber del mismo vaso para sanar al afectado. Rita, siempre dispuesta y acomedida, se prestó para todos esos inventos de la gente.

La noche en que mi mamá me comunicó su decisión de casarme, no pude dormir. Estaba segura de que me entregaba a ese señor porque quería deshacerse de mí y yo no tenía más remedio que obedecerla. Cuando pienso en su vida y en todo lo que sufrió quiero comprender que siempre fui una carga extra para ella. Yo era muy pequeña, pero recuerdo el día en que los lugareños le vinieron a avisar a mi madre que mi padre se había ahogado en el río Balsas. Al tratar de cruzarlo, cuando estaba crecida la corriente, se lo tragó un remolino con todo y caballo. La gente del pueblo le dijo a mi madre que fueran a buscar su cuerpo río arriba porque su marido era tan necio que consideraban imposible que su cadáver se hubiera dejado llevar por la corriente. Él siempre vivió en rebeldía y en contra de todos, haciendo su fregada gana sin hacer caso a ninguna razón. Si era época de sembrar maíz, pues él sembraba frijol; si le decían que era mejor dar de comer elote a los marranos, pues él les daba plátanos; si tocaba guardar a las gallinas a las cinco, pues él las encerraba a las ocho; y como mi madre paría una niña tras otra, él no dejó de necear hasta que después de nueve partos y con siete hijas vivas, por fin tuvieron el varón anhelado. Dos años solamente tuvo mi padre la satisfacción y el orgullo de disfrutar a su hijo antes de morir... poco le duró el gusto.

Mi madre primero estuvo como pasmada, nada más hablaba con monosílabos, después pasó a un estado de angustia y llanto en donde nadie la podía consolar. Luego se puso a aventar cosas a todo el que se le ponía cerca, a jalarse el pelo y a encajarse las uñas en las palmas de sus manos hasta hacerlas sangrar. Finalmente se quedó en un estado de enojo que le duró para toda la vida. Se acercó al cadáver de mi padre y comenzó a reclamarle a gritos:

—¡Necio, terco, traidor! ¡Por tu maldito carácter me dejaste sola con ocho hijos! ¡Te odio! ¿No pudiste esperar a que bajara la corriente? ¿Por qué no le hiciste caso a tus amigos? ¿Por qué te emperraste?

Trajeron al cura para que hablara con ella, pero de poco sirvió; la curandera del pueblo le dio un té de hierbas para el sosiego; sus comadres trataron de hacerla entrar en razón, pero lo único que funcionó para que dejara de gritarle al cadáver fue el paso de los días y que enterraran a su marido.

Si bien dejó de reclamarle, ella nunca le perdonó el haberla dejado sola con veintinueve años, ocho hijos pequeños y una choza con una tierrita para sembrar por herencia.

Cuando pienso en la situación en que quedó mi madre, con Tomasa que apenas tendría trece años y el chiquito que apenas iría a cumplir dos, me pregunto cómo fue que pudo salir adelante y no enloquecer.

Me acuerdo del velorio de mi padre. Lo trajeron a la choza envuelto en un sarape y con los pies amarrados; yo, todo el tiempo quise estar sentada en un rincón. Llegaron muchas visitas, gente de Balsas y de pueblitos vecinos. Entre esas visitas llegó un tío de mi papá, que además era padrino de mi hermano Juanito, don José: un pariente lejano por parte de la madre de mi papá, tenía una hacienda en Iguala y se había hecho rico sembrando cacahuate y jitomate. Vino con su esposa, una mujer muy bonita y dulce, que continuamente me pedía los brazos con cariño; pero yo me sentía tan asustada que no podía dejar de abrazarme las rodillas sentada en mi rincón.

Después de varios días de velorio, sacaron su cuerpo y lo fuimos a enterrar al cementerio del pueblo, entonces regresamos todas a llorar solas a nuestro jacal. Por la tarde, Petra llegó a avisar a mi madre que don José y su esposa esperaban para hablar con ella. Mi madre hizo entrar a la pareja y les ofreció asiento en las sillas de palo y paja que teníamos. Tomasa, con Juanito aferrado a su cuello, se sentó en otra silla; Petra, Carmen y Chanita, abrazadas, se sentaron en uno de los catres del jacal; Gumersinda se quedó parada junto a la puerta; yo me quedé en mi rincón abrazándome las piernas; y Rita, con los ojos muy abiertos, se sentó en el suelo junto a mi madre. Todas nos quedamos muy atentas para escuchar las palabras del tío don José.

—Querida Facunda: Agustina, mi mujer, y yo hemos conversado y tenemos algo que proponerte. Tú sabes que Dios no nos dio la dicha de tener un hijo varón, que desgraciadamente sólo logramos tener a Rosita. No quiero decir con esto que no valoremos a nuestra niña y que no le demos gracias al Señor todos los días por permitir que mi mujer salvara la vida después de tan terrible apuro que pasó durante el parto. Finalmente salió con vida y la niña también, pero tú sabes que no podremos tener más hijos. Agustina se ha quedado prendada de tu bebé y a mí me haría mucho bien tener un hombrecito que se encargue de mi hacienda; porque, además de todo, es mi deber, como padrino del chiquillo, velar por él... Te soy franco, Facunda, ¿cómo van a criar a un niño entre tanta vieja? Se necesita la mano de un hombre para hacerlo y desgraciadamente mi sobrino ya no está entre nosotros. Lo que te propongo es esto: dame al niño, yo te prometo que velaré por él y lo haré un hombre de bien. Todos saldremos beneficiados. Tus hijas mayorcitas te pueden ayudar a trabajar; yo, claro, te daría un dinerito para que a lo mejor pudieras poner una tienda en el pueblo. Ayer, que me di la vuelta por el centro, vi que venden una propiedad a la que podrías adaptarle un cuarto al frente para eso de la tienda. Con la venta de esta casita y la parcela, más los centavos que yo te aporte... tú no sabes nada de siembras y cosechas...

—No, don José, pero con todo respeto ¿qué voy a saber yo de comerciar? —le interrumpió mi madre.

—Lo que yo sé, porque me lo dijo mi sobrino, es que tú sabes escribir y hacer cuentas, ¿no es así?

—Sí, tío, pero no sé si baste con eso.

—Ya verás que sí. Eres una mujer lista y con más conocimiento que muchos de por aquí. Yo te ayudaré al principio... saldrás adelante y hasta podrás mejorar tu vida y la de tus hijas... Ahora, si quisieras que te críe a una de las gemelas... podría ser la hermana que le falta a mi Rosita... también podríamos arreglarlo, siempre y cuando sea Rita, que es una dulzura porque la otra pequeña, Marina... No creo que su influencia fuera conveniente para nuestra niña... ¡Vaya! Podríamos venir a visitarlas en la Navidad. Seguirán siendo tus hijos, por supuesto. Tú me entiendes, ¿verdad Facunda? No me respondas ahorita, tómate tu tiempo.

Con mucha seriedad y parsimonia salieron del jacal. Mi madre se quedó pensativa, me acordé de lo feliz y orgullosa que se veía cuando nació mi hermanito.

—¡Cuántas esperanzas puse en ese hijo!, pero yo no voy a pecar de necedad como Marino. Si fuera mayorcito me podría ayudar a trabajar; pero, siendo tan chiquito, nada más me quitaría el tiempo... y el tuyo, Tomasa, porque se han encariñado en exceso uno del otro —dijo mi madre mirando ensimismada a mi hermana—. En definitiva le voy a dar el niño a don José, es lo propio porque además es su padrino y en caso de muerte de uno de los padres, él tiene derecho y obligación de cuidarlo. Ahora, a ti, Rita, te voy a tener que negar porque seguramente serás mi consuelo cuando llegue a vieja.

Al día siguiente se apersonó don José con su esposa:

—Sólo le pido, tío, que me deje destetar al bebé, en unos meses se lo daré con mucho agradecimiento de mi parte. En cuanto a Rita, sí me va a disculpar, pero prefiero retenerla a mi lado. Ahora, piense usted si no le gustaría Marina...

Pero el tío y su mujer ya habían escuchado los comentarios de los vecinos acerca de mis rarezas y mal carácter y prefirieron cerrar las negociaciones exclusivamente con el niño. Fueron muchos días de llantos y de rezos; de velas e incienso; de pulque, aguardiente y visitas. Al pasar el tiempo acordado, mi madre entregó a la dulce mujer el bebé que tanto había obsesionado a su marido.

CAPÍTULO DOS

El sábado se apersonó Tiburcio en mi casa. Llegó como a las cinco de la tarde, muy bañado, con el pelo engominado y un traje viejo de lino gris. Traía un ramo de flores que seguramente cortó en el campo. Se sentó en una silla muy derecho y pude ver que había lustrado sus zapatos con esmero. A mí me peinó mi hermana Tomasa con unas trenzas muy apretadas que acomodó en un columpio por atrás de la cabeza. Mi madre insistió en que me pusiera el mejor vestido que tenía y unos zapatos nuevos que me compró en Iguala.

Por supuesto, mi madre también se sentó con nosotros en un sillón.

Como he dicho antes, Tiburcio era de pocas palabras. A las triviales preguntas de mi madre: «¿Cree que lloverá, Tiburcio?», «¿Viven sus padres?», «¿Tiene hermanos?», «¿Cómo se irá a dar la cosecha este año?», él contestaba con monosílabos:

«Sí», «No», «No», «Bien» …así de comunicativo era. Yo por mi parte no tenía absolutamente nada que decir ni que preguntar, así que me mantuve en mi silla mirando tímidamente a Tiburcio y revisándolo de arriba a abajo. Los ojos amarillos de Tiburcio alternaban su mirada entre el piso y el verme de reojo, ni una sola vez me miró de frente.

Yo me aferraba a la esperanza de que la fecha se fijara cuando pasaran algunos meses, tenía la ilusión de que algo sucediera mientras tanto y se cancelara la boda, pero se vio que mi madre llevaba prisa por pasarle la responsabilidad de mi persona a Tiburcio porque propuso que nos casáramos en una semana y él aceptó con un «Sí». Yo hablé entonces por primera vez desde que empezó la reunión:

—¡Pero, mamá, es muy pronto, no va a dar tiempo de hacer mi vestido ni de organizar la fiesta!

A mí en realidad no me importaba ni el vestido ni la fiesta, lo único que quería era ganar tiempo. Mi madre me miró con enojo y musitó un:

—Ya veremos cómo lo resolvemos.

Acompañó a Tiburcio a la puerta para despedirlo y luego regresó y me dio un beso en la frente.

Esa noche tampoco pude dormir, me puse a pensar cuál sería el motivo de ser como era, el porqué mis hermanas eran tan dóciles y yo tan rebelde y si de verdad podía yo sacarle bolas en el cuello a las personas. Pensé en mi padre y me pregunté si habría yo heredado su carácter y si las cosas hubieran sido diferentes si él hubiera estado vivo.

Me casé con el vestido de mi hermana Gumersinda, Tomasa me peinó con un chongo y me puso azahares entre el pelo. Cuando me vi en el espejo hasta me parecí bonita. Mis hermanas hacían lo posible por animarme, reían y jugueteaban conmigo para que se me olvidara la tristeza. Fuimos a la iglesia del pueblo y nos casó el padrecito, después regresamos a la casa en donde mi mamá había preparado pozole blanco y verde que le salía muy sabroso. Yo de todos modos no pude probar bocado, tenía un nudo en la garganta y otro en el estómago. Tiburcio se atascó de pozole, se comió como cinco platos acompañándolos con sus buenas cervezas. Yo, sentada a su lado en la mesa de honor, nada más lo veía tragar y beber casi sin respirar. Cuando por fin terminó volteó hacia mí y fue la primera vez que lo escuché hilar más de dos palabras seguidas:

—Ve a cambiarte y agarra tus chivas. No quiero que se nos haga de noche por el camino.

Lo obedecí sin protestar, fui al cuarto que compartía con Rita y con mi madre, me quité el hermoso vestido de Gumersinda y me puse una falda y una blusa. Me calcé mis zapatos mocasines, me quité los azahares del pelo, lo solté y lo cepillé. Luego lo trencé como acostumbraba hacerlo. Todo lo hice como autómata y procurando esconder la angustia que sentía al dejar mi casa para irme con ese hombre de ojos amarillos que hablaba con monosílabos. Tomé la caja de cartón que ya tenía preparada desde el día anterior con mi ropa, mis libros y mi muñeca de niña. Antes de salir, me detuve y miré la cama que había compartido toda mi vida con Rita. Me despedí en silencio de mi infancia y salí.

En la puerta me esperaban mi madre y mis hermanas para decirme adiós. Todas me desearon suerte en mi nueva vida. Tiburcio ya estaba afuera esperándome con impaciencia.

Yo pensé que se iba a acomedir para cargar mi caja de cartón que, aunque no pesaba, sabíamos que se haría más y más pesada ya que el camino iba a ser largo y a pie, pero ni el intento hizo por ayudarme. Supuse entonces que más adelante, a la hora de subir el cerro, me ayudaría. No me tomó de la mano ni del brazo, caminó delante de mí. Cada vez que yo quería alcanzarlo andaba más aprisa para ir él solo adelante y yo detrás. Me di cuenta de eso cuando ya íbamos dejando el pueblo atrás y no volví a intentarlo porque lo único que lograba era acelerar la marcha y yo me sentía cansada por el día tan pesado que había tenido.

La subida del cerro fue más que difícil. Yo desde niña estaba acostumbrada a andar por los montes y campos que rodean el pueblo de Balsas, pero el cargar la caja y seguir el paso de Tiburcio me sacaba el aire. No veía un sendero marcado para seguirlo y ya el sol se ocultaba. Había muchas piedras y troncos en el suelo, además de plantas muy crecidas que él hacía a un lado con sus manazas. No detenía el ritmo de su marcha ni se daba vuelta para ver si yo venía detrás, así que yo tenía que apurarme para no perderlo de vista pues no quería extraviarme en ese cerro que no conocía. Se me hacía eterno el camino y comencé a sudar y a resoplar por el esfuerzo. Entonces le pedí que descansáramos un momento para tomar aliento. Se lo tuve que decir tres veces porque o no me oía o se hacía el sordo. La tercera vez de plano me frené, tomé aire y le grité que por favor nos sentáramos un momento. Por fin se detuvo y volteó hacia atrás. Vino hacia mí y arrancó la caja de mi mano, dio media vuelta y reemprendió la marcha mientras farfullaba:

—No se nos puede hacer de noche aquí.

Tuve que seguir adelante mientras me imaginaba animales salvajes acechándonos y de pronto pensé si no sería esa la razón por la que no podíamos detenernos. Mientras caminábamos sin descanso cientos de cardos en el suelo me clavaban pequeñas espinas en los tobillos. Me dolían los pies y no veía yo el fin del viaje cuando de pronto Tiburcio se detuvo, sacó un pañuelo y se secó el sudor.

Nosotros no éramos ricos ni por asomo, pero nuestra casa era de ladrillo y yeso, con piso de mosaico, teníamos dos cuartos para dormir y una habitación que hacía las veces de sala-comedor, una cocina y un baño, además de un jardincito atrás de la casa. En frente había un espacio en donde estaba la tiendita que nos daba para vivir. No era la gran cosa, pero comparado con lo que vi cuando llegamos a la cima del cerro, mi casa era un palacio de cuento de hadas. La vivienda de Tiburcio era casi un jacal, construido con palos y láminas. Por supuesto no tenía luz eléctrica y a la hora que llegamos ya casi oscurecía. Entramos a la única habitación que tenía la casucha y Tiburcio prendió una lámpara de gasolina.

Recorrí el cuarto con la mirada: una cama destartalada, una mesa con dos sillas y una estufa de carbón. Eso era todo, ni baño ni agua corriente. Sin embargo, afuera de la casa vi que existía un pozo con una polea y un cubo para sacar el agua.

No sé qué hubiera dado por tomar un baño, me sentía muy cansada y sudaba copiosamente, pero obviamente tendría que quedarme con las ganas. Le pregunté a Tiburcio si había un arroyo cercano donde se pudiera lavar ropa y tomar un baño. «Sí», me contestó con uno de sus acostumbrados monosílabos.

—Órale, encuérate y tírate en la cama —me dijo mientras tiraba mi caja al suelo. Me quedé petrificada. Tomasa me explicó más o menos lo que ella llamaba "las obligaciones del matrimonio" y yo le comprendí... pero yo esperaba primero un beso... un abrazo... una caricia... algo... no sé.

Como no me movía, me agarró por los hombros, me aventó en la cama, me subió la falda e intentó arrancarme los calzones. Primero yo me asusté y me quedé quieta, pero después empecé a patear y a empujarlo con los brazos. Sin decir nada, Tiburcio me soltó un trompón en la cara que me partió el labio. Mientras sentía el sabor de la sangre pasando en mi garganta, me abrió las piernas y me penetró. El dolor del golpe se transmitió a mis entrañas, abrí la boca para gritar pero no salió ningún sonido. Me tenía los dos brazos agarrados y todo el peso de su cuerpo asfixiaba el mío, me faltaba el aire y él empezó a moverse arriba de mí pujando y babeándome encima.

Creí que me iba a morir porque yo no podía respirar y él rebotaba contra mi cuerpo una y otra vez al compás de los rechinidos de la cama. De pronto dio un jadeo más fuerte y sonoro y se quedó quieto. Yo no me quería ni mover de lo asustada que estaba. Entonces se incorporó, se dio media vuelta y se quedó dormido.

Me quedé inmóvil por un buen rato, por lo menos podía respirar, pero lo hacía tratando de no hacer ruido. Después de unos minutos me volteé de costado y me hice un ovillo, así permanecí algún tiempo, después bajé con cuidado un pie de la cama y luego el otro y me escurrí al piso. Mi primer pensamiento fue escapar inmediatamente de esa casa y regresar con mi madre. Tenía que aprovechar la oportunidad ahora que él dormía. Tomé mi caja que permanecía aún sin abrir y salí. La oscuridad era total, la luna estaba en cuarto menguante y apenas se veían estrellas en el cielo. Me acerqué al pozo y saqué un cubo de agua, me lavé la sangre del rostro y la entrepierna lo mejor que pude, me sentía tremendamente sucia. Me recompuse la ropa y me alisé el pelo. De pronto escuché un aullido y me sobresalté. ¿Serían coyotes... lobos? Tiburcio insistió mucho en que llegáramos antes de que se pusiera el sol, ¿y si estaba rodeada de animales salvajes? Hacía frío y comenzó a caer una lluvia finita de esas que uno siente que no moja, pero que al final empapa.

Regresé a la casucha. Tiburcio seguía en la misma posición, roncaba. La gasolina de la lámpara se había agotado y estaba apagada. Saqué toda la ropa de mi caja y me hice una camita con ella en el suelo de tierra. Me acosté vestida con todo y zapatos y pensé que podría descansar mientras amanecía. Fue entonces que noté que todo el cuerpo me dolía, de los pies a la cabeza; me dolían los huesos, los brazos, las piernas y las entrañas. Tenía que escapar de ahí... esperaría al alba.

No supe en qué momento me dormí... me despertó un dolor en el cuero cabelludo. Tiburcio me levantaba del suelo tirándome del cabello.

—¡Trae agua y prepárame un café! —me gritó y salió del jacal.

Me maldije por haberme quedado dormida, me

despabilé, pasé una mano por mi cabello para alisarlo, me acomodé la ropa y entonces noté que no tenía puestos mis zapatos, tal vez dormida me los había quitado. Los busqué por todos lados, pero no los encontré. Así descalza salí por el agua, la tierra estaba húmeda por la lluvia, vi a Tiburcio parado fumándose un cigarrillo, me le acerqué y tímidamente le dije:

—No encuentro mis zapatos, ¿por casualidad los viste?

—Aquí no los vas a necesitar. No pierdas el tiempo buscándolos. Los tiré al arroyo. Apúrate con mi café.

No supe qué decir, como una tonta me fui por el agua, regresé a prender la estufa e hice el café. Tiburcio entró, se sentó en una silla y se lo tomó con unos bizcochos. Se levantó y salió sin decir una palabra. Me serví un café mientras calculaba la situación. Estaba atrapada en esa casucha, no podría regresar al pueblo descalza sin desollarme los pies por el monte. Salí a buscar el arroyo. Guiándome por el ruido del agua lo encontré, pero no se veía ni rastro de mis zapatos. Tenía que aceptar la realidad y buscar otra manera de liberarme de Tiburcio. Resignada de momento me desnudé y me bañé. El agua estaba fresca y me reconfortó, mis dolores habían disminuido. Me sequé al sol y me vestí. Regresé a la casa para inspeccionarla.

No se veía mucho en ese lugar. Además de la estufa de carbón, tenía varios huacales con fruta, verdura y carne seca, y unos costales de frijoles de los cuales saqué unos puños y puse a hervir en una olla que encontré. Descubrí una puerta trasera que se me pasó desapercibida con anterioridad, salí y me encontré en un patio donde había un gallinero, un granero, unos tambos con gasolina, herramientas de trabajo y unos barriles que al destaparlos me llegó un desagradable olor a pulque. Entré al gallinero y recogí algunos huevos. Regresé a la cocina y los preparé con carne seca, chile y jitomate; eché unas tortillas al comal y luego me comí una buena parte. Yo creía que no tenía hambre, pero estaba equivocada. Me dije que era bueno comer y agarrar fuerzas para lo que viniera más adelante.

Después hice una cama más decente que la de la noche anterior. Encontré un petate que puse sobre la tierra y con una sábana que me regaló Tomasa envolví paja e hice una especie de colchón. Me cambié de ropa y me fui al arroyo a lavar la del día anterior. En eso pasé las horas hasta que regresó Tiburcio, me imagino que de trabajar en la tierra que tenía. Salió al patio trasero y regresó con un jarro de pulque, se sentó a la mesa.

—Sírveme la cena —gritó.

Después de cenar se repitió la misma escena que la noche anterior, pero esta vez no luché ni peleé, simplemente apreté los dientes y traté de poner mi mente en otra cosa, pensé en el arroyo y en cómo el agua había acariciado mi cuerpo mientras me bañaba.

Cuando pasó la primera semana y llegó el sábado, mientras Tiburcio cenaba me acerqué.

—Oye, Tiburcio... mañana es domingo... Me gustaría bajar al pueblo para ir a misa y visitar a mi madre.

—Pus ve.

—Pero es que no tengo zapatos...

—¿Y qué quieres que yo haga?

Yo estaba segura de que Tiburcio bajaba al pueblo porque de pronto llegaba con costales de arroz, masa para hacer tortillas y barriles de pulque.

—¿Has bajado al pueblo? —le pregunté.

—Sí.

—¿Has visto a mi madre o a alguna de mis hermanas?

—No.

La conversación terminó con un:

—Órale, encuérate y échate en la cama.

No había forma de que bajara a ver a mi familia. Me di cuenta de que tendría que esperar a que a mi madre o a mis hermanas se les ocurriera visitarme. Me gustaba imaginar que estaba dormida y que tenía una pesadilla de la que iba a despertar.

Un día Tiburcio llegó borracho, seguramente había pasado el día en la cantina del pueblo. Ya era casi de noche y yo me disponía a releer junto a la lámpara uno de los libros que me regaló la señorita Adela. De pronto se acercó a mí y le pegó un manotazo al libro, me jaló de la trenza y comenzó a golpearme en la cara y en el estómago hasta que me tiró al piso; luego me pateó en las costillas y en la espalda. Yo intentaba defenderme pero él era muy fuerte, me arrastré abajo de la cama como pude, me agarró de un pie y me jaló. Le supliqué que parara, que no me hiciera más daño, pero él siguió golpeándome hasta que se cansó y tambaleándose se tiró en la cama y se durmió por fin. Yo me arrastré como pude a mi cama de paja y me eché a llorar hasta que me quedé dormida.

Estoy parada en lo alto del cerro, huele a

hierba recién cortada, apenas clarea el día, el cielo es de color rosa con tonos amarillos... respiro profundo y despego mis talones descalzos del suelo... aspiro... alzo los brazos como si fuera un águila... mantengo el aire dentro de mí y me elevo un poco, me despego de la tierra... subo... subo... levanto más los brazos, inhalo... exhalo... me elevo. Miro hacia abajo y veo cómo me alejo, poco a poco... suavemente. Echo el cuerpo hacia el frente y me doy cuenta de que ya estoy ahora más lejos de lo que imaginé. Miro las copas de los árboles, el campo, la hierba verde y frondosa, el arroyo. ¡Vuelo! ¡Soy capaz de volar! No sé a dónde me dirijo... no importa... voy sin rumbo... a donde me lleve el viento. Soy libre, tal vez me gustaría ir a conocer el mar. Respiro profundo... exhalo... cambio la dirección, afino el olfato, me llega el olor a sal, lo sigo... me vuelvo a impulsar, me elevo todavía más... floto en el aire... ¡Qué maravillosa sensación!

Me levanté de mi cama de paja y salí de la casucha. Me paré en la cima y respiré hondo; alcé los talones desnudos de la tierra; levanté los brazos y... seguí clavada en el piso. La desilusión y la tristeza me invadieron... me sentía tan segura de que podría hacerlo... de que realmente yo podía volar...

La voz de Tiburcio me sacó de mi desconcierto:

—¡Burra! ¿Qué haces ahí paradota? ¡Órale, prepárame el café!

Por fin llegó el día en que fue mi madre a verme a la casa. Tomasa y Rita venían con ella. Tiburcio no estaba, afortunadamente.

Primero que nada, mi mamá me reclamó por

ser una ingrata al haberme olvidado de ella y por no haber ido a visitarla ni una sola vez; luego me preguntó por qué andaba descalza. Le conté todo, le dije que Tiburcio me quitó los zapatos mientras dormía, que me golpeaba, que me trataba mal y que me violaba. Le dije que ese hombre me tenía secuestrada y le supliqué que me llevara con ellas de regreso.

Mi madre se puso muy seria, tanto que no recordaba haberla visto nunca con esa cara. Tomasa se llevó las manos a la boca como si quisiera ahogar un grito y Rita se puso a llorar en silencio.

—¿Qué dices, desgraciada? ¿Cómo que te violó? ¡Tonta! Es tu marido, tú eres su mujer, él tiene derecho y tú tienes la obligación de servirle. Y si te ha golpeado, por algo será. ¿Qué hiciste que tuvo que disciplinarte? ¿Y cómo me dices que te tiene secuestrada? Por ningún lado veo cadenas o candados. ¿Estás loca? Estás casada con ese hombre y lo que unió Dios nadie lo puede separar ¿Cómo se te ocurre que vas a regresar a mi casa? ¡Eso sería una tremenda vergüenza! ¿Qué diría la gente? ¡Por favor, Marina, déjate de historias y cuentos chinos! Cumple con tus deberes de mujer y dedícate a hacer feliz a tu marido.

Me sentí desolada, mi única esperanza se esfumó con sus palabras. Comprendí que sería inútil implorarle a mi madre. Me quedé callada y le serví un café. Se lo tomó en silencio. Rita se acercó y me abrazó. En un susurro me dijo al oído:

—Pobrecita, Marina. Esta cruz te toca vivir, resígnate. Yo voy a rezar mucho por ti.

—Mamá —dijo Tomasa—, por lo menos pídale a Tiburcio que la deje usar zapatos, yo se los puedo comprar y traer si él me lo permite.

—Es su marido y él sabrá el momento en que le compre los zapatos y se los permita usar. Por algo se los quitó. Mi madre se levantó y salió de la casucha no sin antes darme un beso en la frente. Tomasa y Rita me abrazaron y besaron y luego corrieron para alcanzar a mi madre.

Me quedé sola en el cuartucho, no tuve fuerzas para salir a despedirlas con la mano cuando se alejaran por el camino. Después de este episodio tuve la conciencia de que estaba sola y que únicamente yo podría resolver mis problemas. Si quería salir de ahí tenía que pensar por mí misma y actuar con valentía.

Un día, cuando estaba poniendo el café, vi una rata, era bastante grande, las dos nos asustamos y ella corrió. Vi que se metió entre unos tablones de la pared que daba al patio trasero. Muy despacito abrí la puerta para ver por dónde se iba. Estaba encima de unos costales y cuando me percibió cerca se escabulló detrás de uno. Los costales tenían alimento para las gallinas, pesaban, pero los pude mover. Abajo, en el suelo de tierra, encontré un agujero, obviamente había hecho su nido ahí.

Esa noche, cuando Tiburcio estaba terminando de cenar me acerqué.

— Creo que una rata hizo nido en el patio y se mete a la cocina.

—¿Y a ti en qué te molesta eso?

—Pues en que se está robando la comida.

—¿Qué? ¿A ti te cuesta o qué?

—No... ya sé... por eso te lo digo, porque tú eres el que la compra....

—Bueno, ya no me estés fregando, ya veré

cuándo tengo tiempo de atraparla, a ver...

Al día siguiente, cuando hacía la cena, me unté la mano con manteca, salí al patio y la metí en el agujero de tierra; me quedé quieta casi sin respirar, hacía mucho calor y gotas de sudor comenzaron a resbalar por mi frente. Escuché ruido y sentí al animal olisqueando mi mano. Mi estómago se encogió y creí que iba a vomitar, el miedo casi me obliga a retirar la mano, pero con un movimiento decidido abrí los dedos y atrapé por el cuello a la asquerosa alimaña, luego la saqué del agujero. Se retorcía e intentaba morderme, pero yo mantuve la mano firme a pesar del asco y del miedo que sentía. Luego fui con Tiburcio, que ya se había sentado para cenar, y le enseñé la rata.

—Ya no te preocupes Tiburcio; mira, ya la atrapé —le dije al mismo tiempo que apretaba mi mano en el cuello del animal. Lo apreté con tanta rabia que yo misma quedé sorprendida de mi fuerza. Se movió desesperada por varios minutos hasta que por fin se quedó quieta, con los ojos y el hocico abiertos.

Tiburcio, inmóvil en su silla, observaba todo con la boca cerrada y los ojos amarillos abiertos como platos.

Lo miré fijamente y extendí la mano que sostenía el cuerpo inerte del animal.

—Ya viste de lo que soy capaz de hacer, Tiburcio...

Se hizo un momento de silencio como cuando dicen que pasa un ángel.

—Sírveme la cena, Marina.

A lo mejor hubo un cambio, pero este no fue para bien, sino todo lo contrario. Tiburcio se volvió todavía más violento y exigente, le dio por golpearme con cualquier pretexto, me despertaba a gritos o me levantaba de la cama por el pelo, y un día me amenazó con encadenarme a la pata de la cama porque me encontró más allá del arroyo. Decidí que tenía que actuar antes de que el animal de Tiburcio cumpliera su promesa, así que escogí un cuchillo de la cocina y mientras se fue a trabajar me dediqué a afilarlo con la chaira hasta que fui capaz de cortar un cabello con él.

Todos los días, cuando calculaba que era la hora en que Tiburcio acostumbraba regresar, lo escondía muy bien abajo del fregadero. Una madrugada, me levanté en silencio y sin hacer ruido tomé el cuchillo, Tiburcio estaba en el quinto sueño y boca arriba, la posición perfecta para mi plan... Con mucho cuidado lo destapé y le bajé los calzones. Me monté sobre sus muslos apoyando mis rodillas en la cama para que no lo fuera a despertar mi peso, tomé su miembro con la mano derecha y puse el cuchillo de la cocina pegado a la base de su pene. Ya estaba clareando el día y las sombras de la noche se diluían. Primero él se movió como con placer, pero después abrió sus ojos amarillos y me vio; y cuando bajó la mirada al cuchillo se puso blanco como cadáver. Pude sentir que movía una mano y sin dudarlo pegué más el cuchillo contra su pene.

—Tú también te duermes, Tiburcio...

No hubiera sido capaz de dañar a Tiburcio, yo supe a lo que me exponía en ese momento. Él pudo haberme aventado, sometido y hasta matado, pero tenía que arriesgarlo todo porque de otra manera iba a tener que vivir en esas circunstancias el resto de mis días. Nos quedamos así por un largo rato hasta que por fin él acertó a decir:

—Quita eso de ahí y podemos hablar, Marina, no vayas a hacer algo de lo que te arrepientas toda la vida... espérate tantito, te lo pido por Dios y por tu madre.

Creo que fue la frase más larga que le oí pronunciar durante todas las semanas que estuvimos juntos. Lentamente y sin dejar de mirarlo a los ojos, quité el cuchillo, lo guardé en la bolsa de mi delantal y me levanté.

—Vístete y junta tus cosas —me dijo casi en un susurro.

Salió de la casa y regresó con mis zapatos.

—Toma, póntelos porque ahorita mismo te regreso con tu madre.

El alivio que me produjeron estas palabras no lo puedo expresar, me sentí feliz y excitada ante la perspectiva de retornar a mi vida anterior; claro que yo no sabía en ese momento que eso era poco menos que imposible, porque no me pasó por la cabeza la idea que de ser una mujer casada iba a pasar a ser una mujer repudiada por su esposo. De todos modos, lo hubiera vuelto a hacer una y mil veces más.

CAPÍTULO
TRES

Esa misma mañana bajamos a Balsas, a casa de mi madre. El camino de regreso no fue nada comparado con la subida, mi corazón iba feliz y más gusto me daba cuando Tiburcio volteaba de pronto a verme porque en sus ojos amarillos yo le miraba el miedo. Me iba riendo por dentro de la cara que tenía, era como si esperara que tuviera yo en la mano las tijeras para descuartizar pollos y se las fuera a clavar en el corazón. A ratos aceleraba el paso y casi corría, yo hacía lo mismo porque me sentía tan dichosa y libre que no percibía ningún cansancio.

Al llegar al pueblo noté que las vecinas dejaban sus quehaceres diarios para asomarse a espiar el acontecimiento. Ahora, aparte de hechicera, sería una mujer repudiada por mi marido. Claro que yo no me enteré de eso hasta después, cuando Tiburcio le dijo a mi madre:

—Señora Facunda, aquí le traigo de regreso a

su hija; no sólo es muy floja y descuidada, duerme todo el día, no sabe cocinar y, encima, no contenta con todas sus fallas, ha intentado matarme. Comprenderá usted que no puedo tener por esposa a una mujer tan malvada, capaz de querer hacerle daño a quien le debe respeto y que en lugar de agradecer la casa, comida y sustento que le doy, sea tan ingrata como para querer asesinarme con un cuchillo. Lo siento por el amor que le tenía, pero además de todo, ella no ha sido ni siquiera capaz de salir de niño. Seguramente por la mala sangre que tiene su hija, Dios no lo ha permitido.

¡Todo un discurso! ¡No sé de dónde ni cómo pudo hilar tantas palabras seguidas! Ni siquiera esperó a que mi madre contestara, se dio media vuelta y salió dejándonos a las dos ahí paradas.

—Pues ora sí, Marina, se te acabó la vida.

Me quedé muy sorprendida de que no se alegrara de mi liberación y que tuviera ese tono de fatalismo, porque para mí era como si me hubieran quitado las cadenas que Tiburcio amenazó con ponerme.

—Eres mi hija y puedes quedarte en mi casa, pero te prohíbo que salgas o que recibas gente. Tienes negado trabajar en la tienda, te dedicarás completa y totalmente al quehacer de la casa. No puedes dormir con Rita; recuperarás tu cama cuando ella se case, que será pronto; mientras, puedes dormir en el catre que hay en la trastienda.

No podía yo creer lo que escuchaba. Entendí en ese instante que dejé una prisión para meterme a otra. Sin embargo, no tenía caso hacer que mi madre entrara en razón ni tampoco podía esperar a que se le pasara la rabia y me perdonara. Sabía lo que tenía que hacer e iba a buscar la manera.

Tomasa había escuchado todo desde la cocina, yo la vi de reojo, estaba preparando la comida; no dijo nada, pero cuando mi madre se fue a la tienda vino y me abrazó. Rita no estaba. Tomasa me dijo que andaba en los preparativos de su boda, que en unas semanas se casaría con Victoriano.

Cuando llegó Rita y se enteró de todo lo sucedido, se me paró enfrente con los brazos en la cintura. Su dulce cara estaba transformada. Yo ya la había visto así algunas veces cuando se enojaba, roja de rabia y echando chispas por los ojos.

—Pero ¿cómo te atreves, infeliz, a hacer sufrir a mi madre de esa manera? ¿Has pensado en ella o en mí antes de hacer tus maldades? ¿Cómo crees que nos van a ver ahora? ¡Como la familia de una mujer que quiso matar a su esposo! ¡¡Eres una desagradecida, después de lo que todos hemos hecho por ti!

Las palabras se le atropellaban y me dio la impresión de que en cualquier momento se me iba a echar encima para golpearme.

—¿Qué crees que va a decir doña Clotilde? Eso, si no cancela mi boda con Victoriano. ¿Es que no podías haberte quedado en paz con tu marido? ¿Por qué, dime, tenías que hacer eso?

Creí que le iba a dar un ataque… solita se contestó:

—Claro, lo hiciste para fregarme, porque eres una envidiosa y no soportaste saber que Victoriano me prefirió a mí, no pudiste dejar que yo fuera feliz porque, además, yo sé bien que te gusta mi novio, por eso le sacaste las bolas a doña Clotilde, pero ella no te quiere, me prefiere a mí, la quisiste chingar para hacerla a un lado de tu camino y mira... yo ya me la gané y me voy a casar con Victoriano y vamos a ser muy felices aunque te pese. Tú no vas a meterte en mi camino, ya lo verás.

Me hubiera gustado que mi madre o Tomasa fueran testigos de la rabia de Rita. Ella no era tan dulce y tranquila como todos creían, también tenía su carácter. En ese momento supe que al fin y al cabo no éramos tan diferentes como decía mi madre. Me di media vuelta y la dejé hablando sola. Yo tenía problemas más importantes que solucionar que soportar su berrinche por lo que iba a pensar la gente.

Esa misma tarde le escribí una carta a la señorita Adela diciéndole que aceptaba la ayuda que me ofreció en el pasado, que por fin logré convencer a mi madre para que me dejara ir a estudiar a México, pero que no tenía dinero para el viaje. Le prometía, desde luego, remunerárselo más adelante. No quise entrar en detalles ni contarle acerca de mi matrimonio con Tiburcio. Simplemente le decía que me parecía urgente su respuesta para comenzar el año escolar que daría inicio en unas semanas.

Ella fue mi maestra en la escuela rural de Balsas y era casi la única persona en toda mi infancia en la que yo confié. Siempre se portó amable y sincera conmigo, nunca hizo caso de las habladurías de la gente acerca de mí y alguna vez me dijo que yo tenía la capacidad e inteligencia para continuar estudiando, que ella con mucho gusto podría ayudarme a lograrlo. Incluso, antes de irse a la Ciudad de México fue a hablar con mi madre para plantearle la posibilidad, pero se negó rotundamente. A ella le bastaba, le dijo, con que sus hijas pudieran escribir una lista y hacer sumas y restas.

A los pocos días me contestó. El sobre contenía, además de la carta, un giro telegráfico que podría cambiar en Iguala. Sabía cómo hacerlo porque muchas veces acompañé a mi madre cuando el tío José le enviaba dinero. En la carta me decía que no dudara en viajar a la Ciudad de México. Mi maestra se fue a vivir allá desde hacía un año, únicamente había hecho su servicio social como normalista en Balsas. Podría quedarme en casa de su madrina e inscribirme en la secundaria. También me daba varios consejos para el viaje y me decía que tomara un camión a Iguala y de ahí el tren que me llevaría a la estación de Buenavista en la capital. Ella me recibiría ahí mismo.

A la mañana siguiente hablé con mi madre.

—Mamá, he decidido, en vista de las circunstancias, que lo mejor para mí y para ustedes es irme, así que he aceptado la propuesta de la señorita Adela para seguir mis estudios en la Ciudad de México.

—Pos ora sí que ya eres dueña de tu propia desgracia, así que hazle como quieras. Yo ya me hice a la idea de que te moriste. No sé por qué Dios me castigó con una hija tan malvada como tú, has venido a ser la cruz que he tenido que cargar por mis pecados. Pero yo voy a hacer de cuenta que ya no te voy a volver a ver en lo que me queda de vida, así como le hice con Chanita.

Al mencionar el nombre de su hija muerta, mi madre hizo un rictus de dolor y cerró los ojos. Muy pocas veces mencionaba a mi hermana, me imagino que por el sufrimiento que le traía su recuerdo y por las circunstancias en las que murió:

Petra y Chanita se habían ido a juntar heno y musgo al monte, se acercaba la época navideña y podrían después venderlo en el mercado. Ya llevaban un buen bonche cuando empezó a llover, Petra tendría unos quince años y Chanita trece. Petra era crecida para su edad: robusta, cachetona, fuerte y siempre dispuesta al trabajo. Chanita, por lo contrario, era una niña delgada, menudita, de ojos café claro como la mayoría de la familia. La lluvia fue arreciando hasta convertirse en una verdadera tormenta, el cielo se oscureció y se veían relámpagos a lo lejos, la neblina bajó en el monte. Petra propuso dejar la carga y correr al pueblo a guarecerse, pero Chanita se negó, no habían pasado toda la mañana recogiendo el heno y el musgo para después tener que dejarlo en el camino. Propuso que mejor se resguardaran con la carga abajo de un gran árbol. Como Petra se resistía, la convenció de que no había necesidad de que las dos se mojaran.

—Ya bajaré después —le dijo— o vienes por mí.

Petra obedeció y se fue corriendo al pueblo. Suponemos que Chanita se acomodó pegada al tronco del enorme árbol. La carga ya debía pesar porque estaba mojada. Seguramente decidió subirse a una rama baja y sentarse en ella. Ahí estaría bastante seco, quién sabe en qué pensaría mientras esperaba... debe haber dejado a un lado sus ensoñaciones en el momento que sintió un tremendo dolor en el brazo, seguramente volteó y se encontró cara a cara con una serpiente enrollada en la rama del árbol. El terror le debe haber durado poco, eso nos consuela, porque el veneno de esas bichas hace efecto rápidamente y

Chanita debe haber caído al suelo como un costalito de tierra.

Ahí la encontró Petra, que cuando amainó la lluvia regresó al lugar para ayudar a Chanita a llevar los bultos a la casa. Petra nunca se perdonó el haber dejado a su hermanita sola. Siempre que llovía, se ponía a llorar. Mi madre casi enloqueció de dolor y toda la vida se quedó meditando en la mala suerte de que no hubiera sido yo la que estaba ese día en el campo cuando cayó el aguacero, y no es que lo pensara de ese modo porque no me quisiera, sino porque yo soy inmune a las picaduras de cualquier bicho ponzoñoso. Mis padres se dieron cuenta de ello cuando a las pocas semanas de nacida un alacrán me picó en un bracito. Mi madre, alarmada, se puso a dar de gritos para que llamaran al curandero del pueblo, pero no hubo necesidad de hacer nada, porque a los pocos segundos el bicho quedó muerto todavía prendido de mi brazo sin haber tenido tiempo siquiera de inocular su veneno. Don Crisóstomo les explicó a mis padres que la muerte de la alimaña se debía a la sangre amargosa que tengo. Y era por eso que mi madre me permitía andar libremente por el monte, porque ella no tenía miedo de que los bichos me picaran, y estoy segura de que ella hubiera preferido que esa inmunidad la hubiera tenido mi hermana Chanita.

Nos habíamos quedado en silencio, pensé en las circunstancias y en el destino de cada persona. Lo que me quedaba claro era que a mi mamá le había tocado una vida muy dura y yo lo último que deseaba era hacérsela más difícil. Estaba convencida de que viviría más tranquila sin mi presencia.

—Mamá, necesito que me firme un permiso que me pide la señorita para poder entrar a la secundaria porque soy menor de edad.

Yo ya lo había escrito en un papel que le extendí. Mi madre ni siquiera lo leyó. Nada más lo firmó y me lo devolvió.

Antes de irme quise despedirme de mis hermanas, me parecía improbable volver a verlas porque yo no pensaba regresar a Balsas, al menos no por mi propio gusto. Le pedí permiso a mi madre y aceptó que fuera a despedirme de Petra, Gumersinda y Carmen, que vivían aparte con sus propias familias. La noche anterior abracé a Tomasa y le hice prometer que me escribiría de vez en cuando. Después hice lo mismo con Rita, pero ella se mostró fría y sólo murmuró un «Que te vaya bien». Hice un atado con mis cosas y guardé el dinero que mi hermana mayor me había dado para el camión a Iguala. A la mañana siguiente salí de mi casa confiada en que nunca volvería.

Llegando a Iguala me sentí amedrentada, toda la decisión y fortaleza que tenía antes se esfumaron y estuve a punto de regresar al pueblo, pero ya no me quedaba suficiente dinero, así que llena de temor y con el giro en mi mano entré al edificio de telégrafos y me acerqué a una ventanilla. Me temblaban las piernas y me latía muy fuerte el corazón cuando extendí el papel todo sudado y arrugado.

La señorita del banco se me quedó mirando largo rato, luego revisó minuciosamente el giro, lo guardó y a cambio me dio billetes nuevos. Respiré y salí nerviosamente del lugar. Después me fui a comprar el boleto del tren y algunas cosas que mi maestra me aconsejó que podría necesitar. Me senté muy quieta en una banca a esperar. No sabía lo que vendría a futuro, pero de una cosa sí estaba segura: mi vida no podría ser peor de lo que fue hasta ese momento.

CAPÍTULO CUATRO

El silbato del tren me volvió a la realidad, me sobresalté y dejé de divagar, me acomodé la falda y moví las entumidas piernas mientras me enderezaba en el rígido sillón. Me asomé por la ventana y un escalofrío recorrió mi espalda. A mi vista pasaban a toda velocidad cientos de edificios en medio de una bruma gris que se me antojó helada. Me aboroné el suéter que había comprado en la estación de Iguala gracias a los consejos de la señorita Adela que me advirtió del frío de la Ciudad de México.

Al cabo de media hora todavía no alcanzaba a entender lo extenso de la ciudad a la que llegaba. Acostumbrada al pequeño pueblo de Balsas no podía dejar de asombrarme y de sentir cada vez más inquietud y nerviosismo. Instintivamente me desaboroné el suéter porque me di cuenta de que unas gotas de sudor mojaban mi frente, también noté que tenía las palmas de las manos empapadas.

Yo todavía estaba sorprendida de mí misma por haber tomado la decisión de abandonar mi pueblo y a mi familia para venir a este lugar gris y frío. No es que siempre hubiera tenido la ilusión de hacerlo, pero la verdad no tuve otra salida después de lo sucedido con mi matrimonio. Si bien la señorita Adela me apoyó en todo y me aseguró que me encontraría acomodo, las dudas se atropellaban en mi cabeza. Metí la mano en el bolsillo de la falda para asegurarme de que el resto del dinero que mi maestra me envió para el viaje o alguna emergencia que se me presentara seguía en su lugar. Apreté los billetes con la mano sudada, esperaba no tener ningún contratiempo y que la señorita estuviera en la estación como me lo prometió.

Finalmente el tren se detuvo en la estación de Buenavista, el chirrido de las ruedas al frenar sobre los rieles hizo que mi estómago se contrajera en un espasmo. Me levanté de mi asiento y busqué la caja de cartón con las pocas pertenencias que empaqué dos días antes. Temerosa, bajé del tren y busqué con la vista a la señorita Adela, pero había tantas personas circulando que era imposible ver el andén en su totalidad. Al poco rato me tuve que hacer a un lado y pegarme a una pared porque la gente comenzó a empujarme hacia todos lados.

Me quedé ahí nada más, como babosa, mirando a mi alrededor sin acabar de entender cómo era posible que existiera tanta gente. Jamás en todos mis quince años de vida imaginé encontrarme en el centro de un tumulto como ese y, menos, sin que nadie notara mi presencia.

Poco a poco empezó a vaciarse el andén, la

gente cargaba sus bultos y maletas y se dirigían a encontrarse con sus familiares, para luego caminar hacia la salida. Divisé a lo lejos a mi maestra que me hacía señales con la mano. Venía acompañada de un muchacho alto y delgado. Caminé con mi caja hasta ellos. A pesar de tenerle confianza a la señorita, me desconcertaba conocer gente extraña. Ella me abrazó con fuerza y me señaló al joven.

—Mira, Marina, te presento a Heberto, mi novio.

—Mucho gusto, señor —le dije extendiendo la mano fría y mirando hacia el suelo, como siempre me aconsejó mi madre que hiciera en esas circunstancias.

—Mucho gusto, Marina, pero no seas ranchera ni me digas "señor" que haces que me sienta viejo. Déjame ver tu cara. Tenía muchas ganas de conocerte, Adela me ha contado mil cosas de ti y debo decirte que todas muy buenas. Me ha dicho que eres una niña inteligente y trabajadora. Está muy orgullosa de haber sido tu maestra en la primaria.

Con mucha pena levanté la cara y me encontré con los ojos de Heberto. Era un joven muy atractivo, debía tener cerca de treinta años, alto, de pelo chino color café claro, con facciones finas y boca gruesa. Noté que se puso un poco nervioso porque titubeó al hablar.

—¡Qué bonita eres, Marina, y qué ojos tan increíbles tienes: uno es negro y otro azul, es algo de verdad fuera de lo común! ¿Qué edad tienes? ¡Qué bellas y especiales son tus facciones!

—Heberto, no apenes a la chica. Si bien sus ojos son extraños debo decirte que tiene una gemela que es exactamente como si fuera su espejo, también tiene los ojos de diferente color, pero de lado distinto. Además, Rita es diestra y Marina, zurda. Leí que eso suele suceder entre gemelos idénticos e incluso hay una teoría que supone que las personas zurdas se concibieron originalmente como gemelos, pero por causas extrañas de la naturaleza el otro fue reabsorbido o desaparecido cuando apenas eran una célula dividida.

—Realmente sorprendente, Adela.

—Bueno, es hora de marcharnos, doña Conchita nos espera.

Heberto tomó mi caja de cartón, me agarró de un brazo y echamos a caminar rumbo al estacionamiento, la señorita Adela me tomó del otro brazo. El automóvil era un Volkswagen de esos a los que les llamaban "vochitos" de cariño. El joven abrió la pequeña cajuela y metió mi "equipaje". Yo me acomodé en el asiento de atrás y mi maestra adelante.

No dejaba de asombrarme a cada momento de lo que veía: calles enormes repletas de automóviles y camiones; vendedores ambulantes que ofrecían todo tipo de mercancías; muchachas vestidas con minifaldas y peinadas como las artistas de cine; muchachos de pantalones ajustados, camisas de colores brillantes y con el pelo hasta los hombros, que caminaban por las calles despreocupados. La entrada a la capital me había parecido gris, pero ahora todo era multicolor: árboles frondosos, jacarandas, buganvilias, enormes palmeras. Me sentía como si flotara y estaba aturdida por el ruido y el bullicio de la gente. Heberto encendió la radio del coche, escuché una extraña música en otro idioma que sin embargo me gustó al grado de poderme concentrar en ella y olvidar de momento los ruidos que provenían de la calle.

—¿Te gustan los *Beatles*, Marina? —me preguntó Heberto—. Son lo último en *rock'n roll,* son el fenómeno del momento, han batido todos los récords de ventas.

Y a continuación se puso a cantar.

No tenía idea de qué me hablaba el joven Heberto, yo sólo había escuchado a la banda del pueblo los domingos y algunas veces a Enrique Guzmán y a César Costa en la televisión que teníamos en la tienda. No supe qué responder, me sentí estúpida e ignorante. Me cohibía el joven, nunca en mi vida tuve la suerte de conocer un muchacho tan alegre como él. Debía tener la edad de Tiburcio, ¡pero qué diferencia entre uno y el otro! ¡Heberto era tan amable y cantaba tan bonito, y qué interesante me parecía todo lo que decía!

—Mira, Heberto, ahí hay lugar, estaciónate —le dijo la señorita Adela.

—Esta —me dijo— es la avenida Bucareli y ese es el famoso reloj chino. Aquí en esta privada vive mi madrina, que amablemente ha accedido a recibirte en su casa. Como ya te conté, es viuda y no tuvo hijos, únicamente me tiene a mí y a un sobrino que estudia en provincia. Fue normalista como yo, pero ahora está retirada, le va a venir muy bien tu compañía. Vamos.

La señorita abrió la gran puerta de hierro y caminamos los tres por un patio angosto y largo. Era una privada con pequeñas casitas a los lados. Mi maestra me explicó que el edificio era de tipo porfiriano, que ahora estaba un poco venido a menos, pero que había tenido mejores épocas. Su madrina vivía ahí desde que se casó y podía seguir haciéndolo porque las rentas estaban congeladas, a Dios gracias, porque la pensión de viuda de la pobre mujer era una bicoca.

Entramos a la casa de doña Conchita. Era una casita de un piso, de techos altos y olor a humedad. Las gruesas cortinas detenían la poca luz que asomaba. Tomamos asiento en el saloncito. Noté que tenía muchos muebles viejos, muñecos de porcelana, fotografías y mesitas cubiertas con carpetas de *crochet*. Doña Conchita entró sonriente y abrazó a Adela. Era una mujer como de setenta años, o eso aparentaba, pequeña y menuda, tenía el pelo totalmente blanco y lo llevaba recogido en un chongo en la nuca, vestía completamente de negro.

Mientras hacían los saludos, presentaciones y la plática que siempre antecede a lo importante, me senté en la orilla de una silla con la mirada clavada en el piso, como era mi costumbre, sobre todo cuando conocía por primera vez a alguien. Me sentí más incómoda todavía con la mirada de doña Conchita que me examinaba de pies a cabeza. Primero vi el lugar de reojo y luego clavé la mirada en mis zapatos viejos y en mis piernas desnudas, sin medias que las cubrieran como las de la señorita. Me sentí terriblemente fuera de lugar y aturdida, y en ese momento pensé que más me hubiera valido quedarme encerrada en mi pueblo con mi madre y mis hermanas.

—Pues bien, criatura, Adelita me ha explicado tu situación y estoy dispuesta a ayudarte. Como te habrá dicho, yo fui maestra de primaria durante cuarenta años, ahora estoy jubilada. Mi marido, con el que estuve casada cincuenta años, falleció hace dos. La casita, como verás, no es muy grande; tiene dos recámaras, una es la mía y la otra la tengo para cuando viene mi sobrino Chilpa, a quien eduqué como propio y es nieto del que fue mi único hermano. Estudia veterinaria en Chapingo, pero viene a quedarse conmigo durante las vacaciones. También hay un cuartito de servicio, es pequeño, pero te servirá perfectamente para dormir. Mañana mismo irás con Adela a inscribirte a la secundaria, en horario vespertino, claro, porque por las mañanas espero que me ayudes con el quehacer, la compra y la comida, ya después de levantar la cocina puedes hacer con tu tarde lo que quieras. La mayor parte del tiempo estoy sola, así que voy a apreciar mucho tu compañía.

Después de que se retiraron Adela y Heberto, ayudé a la anciana a preparar la cena y a lavar los trastes. Cuando terminamos, doña Conchita me mostró mi cuarto y me dejó sola. Mi cuarto era pequeño, con un altísimo techo. El olor a humedad ahí era todavía más intenso que en el resto de la casa, debido, creo yo, a la falta de ventilación. Nada más tenía una ventana, que daba a un pasillo dentro del departamento, me pregunté con qué propósito se haría un cuarto cuya ventana no daba al exterior. Obvia decir que no entraba la luz del sol y que únicamente se podía estar ahí con luz eléctrica. No tenía muchos muebles, a diferencia del resto de la casa, tan sólo un catre y una cómoda de madera con cajones para guardar ropa, encima había un espejo grande y rectangular. Pensé que no necesitaba más, de cualquier manera en el pueblo no tenía algo mucho mejor (y menos en la casucha de Tiburcio). En mi casa dormía en un cuarto con mi madre y compartía la cama con Rita; pero eso sí, tenía una ventana que daba al exterior, por la que entraba mucha luz y a través de la cual se podía escuchar el canto de los pájaros al amanecer y el ruido que hacen lo grillos por la noche.

Rendida de cansancio, me eché en el catre, pero después de dar vueltas y vueltas, y tal vez debido a la excitación del viaje y de tanta novedad, no podía pegar los ojos. En realidad daba lo mismo cerrar los ojos que abrirlos porque la oscuridad era tan densa como estar metida en una cueva, pensé en levantarme y entreabrir la puerta, no fuera a ser que me faltara el aire. Tuve que hacer un gran esfuerzo para no salirme a dormir al pasillo. Me volví a acostar en el catre, procuré respirar hondo y traté de pensar en algo agradable como el campo, el cielo y los árboles, por ejemplo, pero lo que más ayudó a calmarme fue la expectativa de estudiar y llegar a ser una mujer libre y feliz. Quién me iba a decir que con el paso de los días no sólo me iba a acostumbrar a ese cuarto sino que llegaría a considerarlo mi refugio y que buscaría cualquier momento para encerrarme ahí a leer y a estar conmigo misma.

No supe en qué momento me dormí, de pronto escuché unos golpes en la puerta y oí la voz de doña Conchita:

—¡Despierta, muchacha, que ya son las seis de la mañana!

Rápidamente me vestí y salí a ver qué se le ofrecía. Me pidió que fuera por la leche y el pan, me dio dinero y me indicó por qué calle tenía que caminar para ir y regresar. Después me hizo una lista de tareas que tenía que hacer en la casa antes de que llegara la señorita Adela, que me llevaría a inscribir a la secundaria de Gobierno más cercana.

Me fui haciendo una rutina en mi nueva vida: por la mañana realizaba los quehaceres de la casa y después de dejar todo limpio y en orden me iba a la secundaria que estaba en avenida Chapultepec. Aprendí a tomar camiones y a orientarme en la enorme ciudad. La señorita Adela me prestó ropa decente y zapatos para asistir a la escuela, pero incluso así me sentía cohibida con mis compañeros de escuela. Por las noches doña Conchita se entretenía en tejer mientras veía la televisión. Casi siempre me pedía que la acompañara. Yo hubiera preferido irme a leer a mi cuarto, pero me sentía tan agradecida con ella por tenerme en su casa que no podía negarme. La televisión se volvía entonces como un "ruido de fondo" porque la mujer, mientras tejía prendas interminables, se ponía a contar historias de su vida que repetía una y otra vez hasta el cansancio: de cuando fue maestra de primaria; de cómo le hubiera gustado entrar a estudiar la carrera de filosofía y letras, pero que conoció a su esposo y enloqueció de amor; que él era un militar muy apuesto, muy derecho y que él solito tenía la costumbre de hacer todas sus cosas, ¡vaya! hasta se cosía sus propios botones cuando se le caían.

Después, se ponía a llorar y a contarme cómo sufrió cuando él murió. También me hablaba de la pena que le dio no haber podido tener hijos; de lo guapo y apuesto que era el nieto de su hermano, de lo inteligente que era (ya tenía curiosidad por conocer al tal Chilpa), y, bueno, me atosigaba con tanta plática al grado de que a veces creía que se me iban a cerrar los ojos en frente de ella por lo densas y aburridas que eran sus historias. Ahora pienso que me tenía en su casa más para tener quien la escuchara que para ayudarle en los quehaceres domésticos.

Una tarde recibí una carta de Tomasa, mi hermana mayor. Desde que me fui de Balsas por lo menos podía contar con esa comunicación. Afortunadamente Tomasa también había asistido unos años a la escuela y sabía leer y escribir. Emocionada, como cada vez que recibía noticias de mi familia, me senté en el catre, rompí el sobre y abrí el papel doblado.

Como siempre, sus cartas estaban escritas con fea letra y muchas faltas de ortografía, pero eran legibles. También se notaba que no acostumbraba escribir de corrido porque a veces lo hacía con lápiz y otras con bolígrafo.

"Balsas, a 28 de abril de 1965

Querida Marina:

De un tiempo acá, me ha dado por pensar en la manera tan triste en que te fuiste, pero Dios así lo quiso. Siento mucho no haber sido de mejor amparo para ti. Sabes que te quiero mucho y que, sea como sea, eres mi hermanita.

Siempre te he tenido mucho apego y mucha ley. Tienes que entender a mamá, ella lo que quería era verte casada. A lo mejor Tiburcio no fue la mejor decisión. Hablando de Tiburcio y con la pena, porque de todos modos era tu marido, te anuncio que se murió. Dicen que una noche estuvo en la cantina con unos amigos y se le hizo muy tarde. El pobre no pensó bien y en lugar de quedarse a dormir en el pueblo con alguno de sus amigos se subió al monte y él mismo contó como lo atacó un zorrillo y lo mordió en un brazo. Pasaron unas semanas y se puso muy malo. Un amigo de Tiburcio lo bajó aquí al pueblo. Cayó en cama con ataques y calenturas y ya no pudo tragar bocado. Tuvo una muerte muy fea (Dios se apiade de su alma), nos contaron que estaba como loco y que echaba espuma por la boca. Dicen que fue la rabia. Te damos el pésame como esposa que eras y te lo comunico para que sepas que ahora eres viuda y que te puedes volver a matrimoniar si quieres. ¡Dios le perdone todos sus pecados y lo tenga en su Santa Gloria!, porque a pesar de todo el mal que te hizo era un hijo de Dios. Aquí en el pueblo le rezamos sus novenarios y ahora estamos con lo de las misas.

También te cuento que Rita y Victoriano se casaron por fin hace tres semanas. Después de tanta muina que sufrió Rita, doña Clotilde y su marido no pusieron ningún "pero" por lo que pasó contigo y tu esposo. Yo sé que tú y Rita nunca se han llevado bien, entiendo que ha de ser difícil mirar a otra persona igual a uno como en un espejo. Las recuerdo de niñas: tú siempre pegándole y ella siempre de chillona y echándote la culpa de todo. Luego, ya más grandecitas, siempre discutiendo, y recuerdo cómo agarraron su camino cada una por separado: tú con tus libros y cuadernos; y ella, con su gusto por cocinar, hacer vestidos y arreglar la casa. Sé muy bien que Rita, además de ser bonita, tiene un carácter tranquilo y un modo dulce de hablar y que a todos nos encanta su compañía, y que tú en cambio siempre has sido arisca y mal geniuda, pero ahora ya son mujeres y cada quien seguirá su camino. Por eso, Marina, te pido que le desees todo el bien que puedas a tu gemela, que no guardes rencores y sigas adelante con tu vida. Acuérdate que la envidia es mala consejera.

Tú sabes que los padres de Victoriano son de los más pudientes del pueblo, tienen una buena casa y ya hace tiempo que dejaron de sembrar maíz o frijol y se dedican de lleno a la mariguana, que es lo que ahora da dinero. Claro que a veces les caen los soldados para quemar las cosechas, pero ellos siempre encuentran el modo de que les acepten una mochada y los dejen en paz. A los muchachos les regalaron una casita de adobe, con dos recámaras y hasta baño, además le dieron a su hijo una buena parcela para sembrar. Mamá no pudo dar mayor dote que el vestido de Rita y su aceptación para que se llevaran a la "más querida y hermosa de todas sus hijas", como ella dice.

Finalmente te comunico que vinieron a la boda de Rita el tío José y Agustina con Juanito, nuestro hermano, que por cierto ha crecido mucho, es bien listo el chamaquito y ya va en la secundaria en Iguala. Mamá se puso muy contenta de tenerlos unos días con nosotros. Si la vieras cómo ve a Juanito: con un gusto que ni te cuento, y se desvive por tenerlo contento, le prepara su comida preferida y lo trata con un mimo que hasta celos dan, porque lo pienso y a ninguna de nosotras nos trató con tanto amor; bueno, a diferencia a lo mejor de Rita, que también, no lo podemos negar, es su hija protegida.

Espero que tú estés bien, que sigas estudiando y que no hagas maldades. Pórtate bien, Marinita. Todas las noches estás en mis oraciones, rezo mucho por ti.

Tu hermana que te extraña, Tomasa".

Volví a leer la carta desde el principio y luego me la quedé viendo largo rato. La doblé con cuidado y la metí junto con otras más recibidas de Tomasa en un cajón de la cómoda. Sin querer, mi vista se encontró con el espejo que había encima del mueble. Rita estaba adentro, radiante y feliz, vestida de novia, peinada con un chongo en lo alto de la cabeza, con una corona de azahares y un velo blanco, ¿cómo era posible que se hubiera metido ahí...? Me miraba presumida y orgullosa con cara de: «¿Ya ves?, te lo dije. Victoriano es mío, exclusivamente mío». El efecto duró unos instantes y entonces me di cuenta de que no era más que una ilusión, me reí de mí misma por ser tan boba; la que estaba en el espejo era yo, con mi ojo derecho negro y el otro azul, seguramente algún reflejo de luz había causado el efecto de parecer que traía un velo de novia, tal vez de la lámpara de noche que estaba encendida. Me quede absorta frente al espejo por varios minutos y me vino a la mente Tiburcio y la muerte espantosa que tuvo, «hijo de Dios», dice Tomasa... ¡Hijo de puta!, ¡qué gusto me dio! No lo pude evitar.

CAPÍTULO
CINCO

La señorita Adela primero venía todos los domingos a comer con Heberto. Siempre me daba algo de dinero para el transporte, lápices, cuadernos o libros que necesitara. Yo estaba muy agradecida con ella por todo lo que hacía por mí. Lo malo fue que me empezó a incomodar su novio. Al principio me había caído muy bien y hasta me pareció inteligente; pero cada vez que venía, sentía su mirada fija todo el tiempo y que me buscaba los ojos. Yo mejor me iba a la cocina o a mi cuarto mientras él permanecía en la casa. A veces me pedían que fuera con ellos al cine y, de tanto insistir, un domingo después de comer los acompañé.

Todo iba normal hasta que a media película sentí la mano de Heberto en mi pierna, me quedé callada e inmóvil, no sabía qué hacer: por un lado me agradó el contacto de su mano en mi muslo, no lo niego, pero por el otro supe que el simple hecho de que me gustara era cometer una traición hacia mi querida maestra. No se me ocurrió otra cosa que levantarme del asiento y avisar en voz baja que tenía que ir al baño. Ahí me tardé como media hora mientras pensaba en lo ocurrido con Heberto, yo nunca le había dado pie para que él se tomara esas libertades conmigo, luego pensé que tal vez me veía como a una chiquilla y que se trataba de un cariño de hermano mayor. Fuera lo que fuera, tenía que evitar lo más posible volver a estar cerca de él. En esas cavilaciones estaba cuando entró la señorita a buscarme.

—Marina, linda, ¿estás bien? Ya nos tenías preocupados, te perdiste toda la película.

—Estoy bien, señorita, es que… creo que… comí demasiadas palomitas, pero ya se me pasó.

Llegaron las vacaciones de fin de año, doña Conchita estaba muy emocionada y no paraba de ir de aquí para allá dando órdenes para que todo estuviera listo para la llegada de su sobrino. Si en algún momento imaginé que iba a poder descansar, me equivoqué rotundamente. La rutina de la limpieza cambió, pero a otra peor: bajar cortinas, lavar sábanas, sacar adornos navideños de los viejos roperos, además de hacer tareas atrasadas de la escuela.

A mediados de diciembre por fin conocí al sonado Chilpa. Lo nombraban así de cariño porque de pequeño le decían "el chilpayate", su verdadero nombre nunca lo supe. No tenía nada que ver con un niño pequeño: era grandote, más bien rechoncho y tenía cara de menso. Tanto ensalzaba doña Conchita a Chilpa que yo creí que iba a conocer a un atractivo e inteligente joven con el que iba a poder platicar sobre mil cosas interesantes, pero el muchacho se la pasaba hablando de cómo se cruzan las vacas y los toros, de cómo engordar a los marranos y de otras sandeces por el estilo. Además, era un inútil, todo se le tenía que dar en la mano; había que levantarle su ropa del suelo (¡vaya! hasta los calzones), y a todo le ponía "pero": que si hacía frío, que la comida era una porquería, que el árbol de Navidad era horrible... ¡bueno! ¡Un soberano mamón!

Doña Conchita se desvivía para agradar a su sobrino. Por las tardes me ponía a batir harina y huevos para hacerle galletas y pasteles al susodicho. A veces se iban a pasear al centro de la ciudad o al cine y era cuando yo me sentía a mis anchas y me ponía a leer en la soledad de mi catre.

Las visitas domingueras de la señorita Adela se habían espaciado cada vez más y cuando venía no lo hacía con Heberto. Una tarde, mientras lavaba los trastes de la comida, escuché una conversación en voz baja entre ella y doña Conchita:

—¿Por qué ya no has traído a tu novio, Adelita?

—Ay, madrina es que no soporto las miradas que le echa a Marina, si es que se la quiere comer con los ojos. Yo me temo que es un coscolino... Estoy enamorada, pero ya no sé si Heberto me convenga.

—Bueno... pero no le eches toda la culpa al pobre chico, la niña se las trae, y así como la vemos toda seriecita quién sabe qué gatos trae en el estómago, a mí se me hace que es buena de coqueta. La verdad, Adelita, a veces hasta me da miedo, se me figura que es bien ladina. No me gusta su mirada...

—No empiece usted también, madrina, lo que

pasa es que es una niña abandonada e incomprendida. Cuando hice mi servicio social en Balsas fue un triunfo convencer a la madre de que la dejara ir a la escuela, la tenía o encerrada en su casa o la dejaba andar sola por el monte. La gente del pueblo le echaba la culpa de todas las desgracias que les ocurrían, si llovía o había sequía, si alguien enfermaba o moría. La ignorancia y superstición de esas gentes han hecho que Marina se enconche en sí misma, pero si viera qué inteligente es. Aprendió a leer y a escribir rapidísimo y tiene una memoria fabulosa. Hizo la primaria en la mitad de tiempo que otros niños y estoy segura de que ella puede lograr hasta entrar a la universidad.

—Ay, Adelita, confórmate con que estudie para secretaria o enfermera y pueda vivir de su trabajo, creo que tu entusiasmo por ella no te deja ver la realidad. Al fin y al cabo, es sólo una india avispada un poco más lista que sus congéneres. Y tampoco culpes de todo a Heberto, que él es hombre y... bueno... si ella lo provoca...

Primero me indigné al escuchar las palabras de doña Conchita, pero después llegué a la conclusión de que no me debería extrañar su opinión; se notaba que su cerebro no le alcanzaba para entender muchas cosas, sobre todo acerca de los hombres; quién sabe la clase de esposo que tuvo en realidad.

—Pues, madrina, yo lo que pienso es que si ahora de novios ya me pone el cuerno con los ojos, ¿qué me espera ya casada? Me temo que Heberto me va a ser infiel con la primera que se le cruce por delante.

Pensé en lo amable y generosa que la señorita siempre fue conmigo y en que era tan buena persona que el cabrón del Heberto no la merecía.

Me dije que yo no defraudaría a mi querida maestra, de mí no iba a tener queja. Así que me prometí desaparecer de la vista de Heberto a como diera lugar, aunque para ello dejara de contar con la compañía de mi tutora.

¡Qué agradecida estuve siempre con ella por ayudarme a salir adelante! Porque aprender era lo que más me gustaba en la vida; asistir todos los días a la escuela y entrar en los salones de clase, abrir los libros, escribir. Al paso de los meses descubrí mis preferencias entre las materias, me empezaron a apasionar la historia y la literatura. Pronto empecé a destacar como alumna, sacaba los mejores promedios y los maestros empezaron a ponerme atención. En cuanto a mis compañeros había de todo, quiero decir, de diferentes clases sociales. Algunas muchachas como yo que preferían permanecer aisladas y otras a las que les gustaba andar en grupos. Los muchachos casi todos andaban en pandillas, siempre riendo fuerte o chiflando y dándose aventones y golpes.

Había una joven llamada Gloria que tenía un grupito compuesto por puras niñas presumidas y criticonas que continuamente hacían burla de mi manera de hablar y de vestir. Yo procuraba concentrarme en el estudio y no hacer caso de sus comentarios. La señorita Adela me aconsejó dejar las trenzas y peinarme con una cola de caballo; también me compró ropa en la lagunilla y me cedió algunos de sus propios vestidos. Una tarde cuando llegué a la escuela, Gloria y su grupito cuchicheaban en el patio. Cuando me vieron callaron repentinamente y empezaron a reír como tontas. Para mi sorpresa Gloria me llamó y me invitó a reunirme con ellas.

—Oye, Marinita, queremos platicar contigo, la verdad estamos arrepentidas de habernos burlado de ti y de tu manera de vestir sin pensar que vienes de un pueblo y que no tienes cultura ni educación como nosotras —dijo Gloria mientras me echaba un brazo por los hombros.

Gloria era bastante más alta que yo y mucho más fornida; le encantaba recargar su peso en los hombros de otras niñas. Tenía el pelo rubio y se peinaba con mucho crepé, tanto que parecía tener otra media cabeza encima. Usaba sombras en los ojos y mucho rímel y se pintaba la boca de un color rosa nacarado que estaba muy de moda en esa época.

Ignoro por qué Gloria no iba a una escuela particular sino a una secundaria de Gobierno vespertina, a mí me parecía que era de otro nivel social que el resto de los alumnos, tal vez sus padres tuvieran problemas económicos y por ser mayor, como yo, no la habían aceptado en el turno matutino.

Ese día todas veníamos de blanco porque tocaba clase de deportes. A pesar de estar vestidas igual, ella siempre se veía como una chica más adulta que las demás. Llevaba la falda muy corta y unas calcetas hasta abajo de la rodilla que le hacían resaltar sus generosos muslos.

—Mira, queremos que nos perdones y nos des la oportunidad de ser tus amigas —me dijo mientras me guiaba hacia una banca del patio de la escuela.

—Incluso hemos pensado en regalarte alguna minifalda o pantalón de campana, de los que ya no usamos, para que dejes de vestirte como mi abuelita —dijo riendo en tono de broma. Y mientras decía eso me tomó por los hombros, me hizo girar media vuelta y me sentó con firmeza en la banca—. De veras, Marinita, tienes que perdonarnos y comenzar una amistad, ¿qué dices?

Yo no sabía qué decir, eran de esas niñas que juntas son muy valientes y se exponen a todo con tal de molestar a alguien que les cae mal. Yo las había visto meterle el pie a un niño y tirarlo por las escaleras, haciendo grupito para que nadie viera quién fue que lo hizo. Por un lado, quería darles de bofetadas a todas y correr; pero por otro intuí que tal vez me convenía llevar la fiesta en paz con la bola de estúpidas y así evitar que me siguieran molestando. Era obvio que no querían ser mis amigas sino tenderme una trampa. A lo mejor podía hacer como que les creía y...

De pronto sonó la campana y todas agarraron sus mochilas y se echaron a correr, riendo como bobas y dejándome sentada en la banca a punto de contestar.

—Bueno, luego seguimos platicando... ¿sale? En el recreo, si quieres —gritó Gloria.

Durante la primera clase, el profesor de matemáticas me pidió que pasara al pizarrón a resolver una operación de álgebra. Cuando me levanté y tomé el gis escuché murmullos a mis espaldas; me extrañó, pero inmediatamente se me olvidó y me concentré en resolver el problema. Al regresar a mi silla noté sonrisas sarcásticas y risitas contenidas de mis compañeros, sobre todo de Gloria y su pandillita.

Al salir al descanso corrió hacia mí Margarita, una niña que casi se había hecho mi amiga.

—¡Marina, corre al baño, te manchaste la falda! Te ha de haber "bajado" y no te diste cuenta.

¡Corre!

Me quedé muy sorprendida porque mi menstruación fue siempre muy regular. Entré al primer baño que encontré y revisé mi ropa interior... estaba limpia como yo lo suponía. Me quité la falda y me asombré cuando vi una mancha roja que destacaba notoriamente en el fondo blanco de la falda. La toqué con un dedo, tenía una consistencia más bien grasosa acerqué la mancha a mi nariz... ¡cátsup! En ese momento, como en una película me vi sentada como una estúpida en la banca del patio mientras Gloria y sus amigas me hablaban. Noté una sensación de calor en mis pies que empezó a subir por mis piernas, mi cadera, estómago, pecho hasta llegar a la cara y empecé a ver todo negro. Tomé aire y pensé salir a buscar a Gloria para matarla o mínimo agarrarla del copete de crepé y azotar su descerebrada cabeza contra el suelo. No sé qué me detuvo, me senté en la tapa del excusado tratando de calmarme y de razonar... ¡No! No me iban a expulsar de la escuela por golpear a Gloria, eso era precisamente lo que ella quería, tenía que pensar y actuar con inteligencia.

Fui al lavabo, enjuagué la mancha y la sequé lo mejor que pude con toallas de papel, luego amarré mi suéter por las mangas en la cintura dejando que el resto me colgara detrás, me di vuelta para verme en el espejo, el suéter ocultaba el desastre. Respiré hondo, salí del baño y entré a la siguiente clase con toda la dignidad que me fue posible. Gloria ya estaba en su lugar, viéndome con una sonrisita burlona, yo la miré con toda la furia que sentía... nunca supe si le dio vergüenza su broma o la intimidé, pero Gloria bajó la mirada.

A la semana siguiente, cuando llegué a la escuela, me encontré a todo mundo como si estuvieran en un velorio, con caras tristes y lágrimas en los ojos mientras hablaban en voz baja. Me acerqué a Margarita para preguntarle lo sucedido.

—¿No lo sabes? Gloria murió ayer, nadie sabe el porqué, no estaba enferma de nada... hay rumores de que se suicidó, pero una de sus íntimas me contó que estaba embarazada y que fue con uno de esos médicos que te hacen abortar...

CAPÍTULO
SEIS

En mi último año de la secundaria, doña Conchita me avisó que su sobrino había terminado sus estudios y que iba a venir a vivir con ella. A mí no me hizo la menor gracia porque siempre que pasaba con nosotros sus vacaciones se dedicaba a verme las piernas con cara de baboso y me lo caché varias veces mirando fijamente mi trasero.

Doña Conchita estaba feliz. Yo la entendía perfecto porque era como el hijo que nunca tuvo, los padres de Chilpa fueron unos irresponsables y ella se hizo cargo de su educación desde que era pequeño, pero a mí me parecía que lo había malcriado y que un muchacho de su edad ya debería poder valerse por sí mismo y dejar de ser tan vaquetón. Pensaba que era por eso que me caía gordo, porque era un inútil; hasta que una tarde conocí al verdadero Chilpa.

Ya había terminado todos mis deberes y leía tranquilamente en mi cuarto, cuando Chilpa entró sin tocar la puerta y se me quedó mirando con cara de menso. Yo me sorprendí y le dije:

—¿Qué se le ofrece, joven Chilpa?

—¿Pues que se me va a ofrecer?... que me des un besito, yo sé que te mueres de las ganas de disfrutar a este galán… —Y vi que bajaba el cierre de su bragueta.

Me quedé con la boca abierta y no supe qué decir, pero en cuanto me recuperé de la sorpresa le dije con voz firme:

—O te largas de aquí, desgraciado, o vas a saber quién soy, das media vuelta y te vas por donde viniste o pego un grito que no nada más me va a escuchar tu tía sino hasta los que en este momento oyen misa en la Villa de Guadalupe.

Chilpa puso cara de menso (todavía más de lo habitual), abrió la boca como para decir algo, pero solamente levantó la mano derecha e hizo señal de "ya verás" antes de dar media vuelta y salir acomodándose el pantalón.

Yo me quedé temblando, no supe si de miedo o de coraje, ya había notado sus miradas y unas sonrisas babosas que me dedicaba, pero no creí que llegara a tanto. No sé por qué no pedí auxilio, me quedé como pasmada. Pensé en acusarlo con doña Conchita, pero deduje que no me iba a creer y tampoco quería hacer una tormenta de un vaso de agua. Pronto terminaría la secundaria y de todos modos mis planes eran estudiar la preparatoria, buscar un trabajo y encontrar un sitio propio para vivir, así que mejor decidí ir a hablar con la señorita Adela.

Ella se había casado con Heberto apenas unos meses atrás a pesar de sus dudas. Pero siempre me dejó claro que cualquier cosa que necesitara no dudara en pedirle ayuda. Así que ese mismo día fui a verla a su departamento.

Después de relatarle la desagradable escena, se preocupó muchísimo. Me dijo que, en efecto, también intuía que el exagerado amor de doña Conchita por su sobrino no le iba a permitir ver la realidad y estuvo de acuerdo con que era urgente encontrarme otro lugar para vivir y un trabajo con el que pudiera cubrir mis gastos; me insistió varias veces que era imprescindible que nunca me quedara a solas con él y que si acaso saliera su madrina insistiera en acompañarla. Me dijo que iba a hablar con Heberto para ver qué más se les ocurría.

De todos modos, en el camino de regreso a casa de doña Conchita, pasé a la tlapalería, compré un candado y dos armellas y lo puse en la puerta de mi cuarto. También compré un martillo, no fuera a ser que necesitara protección.

Procuraba nunca quedarme a solas con él, como me lo había aconsejado mi maestra. Chilpa era menso, pero no tanto como para exponerse a que su tía oyera mis gritos y lo descubriera. Doña Conchita era toda una dama chapada a la antigua y él debía por lo menos deducir que "cogerse a la muchacha" no se lo iba a perdonar tan fácil.

Un viernes por la tarde, doña Conchita salió a visitar a una amiga; yo me ofrecí a acompañarla, pero ella se negó y me dijo que mejor me pusiera a limpiar la estufa que ya estaba bastante acochambrada. No me quedó otro remedio que obedecer, pero dejé la estufa para otro momento y me apertreché en mi cuarto. Puse el candado y me acosté a leer.

No pasaron ni quince minutos cuando oí que alguien giraba el picaporte de la puerta, sin duda era Chilpa... Me levanté en silencio y busqué el martillo que tenía escondido abajo de la cama.

—Marina, ¡abre la puerta! —gritó Chilpa.

—¡Lárgate, déjame en paz!

—¡Puta desgraciada, abre por las buenas o la tiro a patadas! No te hagas, yo también te gusto, vas a ver que "a todo dar" nos la vamos a pasar. ¡Ya te toca! —dijo riendo como estúpido—. Si a ti también "se te quemaban las habas" para que nos dejara solos mi tía. ¡Ándale! No te hagas la remolona y abre.

No sé cómo no rompió la puerta, a lo mejor porque era de madera gruesa y de una sola pieza. De cualquier manera, y por si las dudas, arrastré la cómoda y atranqué la puerta, además puse todos los libros que tenía encima del mueble para que pesara más. Me senté en el suelo recargada en la cómoda, con la cabeza en mis rodillas y apretando el martillo con mis manos.

Chilpa lanzaba patadas al mismo tiempo que soltaba majaderías. Por un momento temí que iba a tener que hacer uso del martillo, pero intempestivamente Chilpa dejó de gritar y de patear. Escuché el sonido de la puerta de entrada, la voz de doña Conchita saludando y los zapatos de Chilpa corriendo por el pasillo.

—Chilpa, Marina, ya regresé... a mi amiga se le presentó una emergencia y se tuvo que ir... ¿dónde andan?

Respiré profundamente y sequé el sudor de mi frente, me levanté del suelo con las piernas todavía temblorosas y regresé la cómoda a su lugar. Esta vez me libré de Chilpa; sin embargo, tenía que hacer algo definitivo para que esa escena no se fuera a repetir.

Ya había terminado la secundaria y lo único que tenía que hacer era ir por mi certificado. *¡Qué rápido pasaron los años!*, pensé.

Al día siguiente fui a recoger mis papeles y después a la casa de mi maestra para ver si habían conseguido algo para mí.

La hermana de Heberto se acababa de recibir de odontóloga y tenía planes para instalar su consultorio, así que iba a necesitar una recepcionista. Heberto me recomendó con ella: la doctora me ofrecía un horario de cuatro de la tarde a nueve de la noche, con lo que podría perfectamente estudiar la preparatoria por las mañanas. Además, mi maestra me consiguió un cuarto de huéspedes en una casa para señoritas ubicada en la Colonia Santa María la Ribera, cerca del consultorio de la dentista. Mi sueldo como recepcionista alcanzaría de sobra para pagar el cuarto y mis gastos. Me puse feliz y, después de agradecerles todo lo que hacían por mí, me fui a hacer el papeleo para ingresar a la Preparatoria Uno, que estaba en el Antiguo Colegio de San Ildefonso, en la calle de Justo Sierra, en el centro de la ciudad. Como mis calificaciones eran excelentes no tuve ningún problema en ser aceptada.

Regresé a la casa con un sentimiento de libertad, me sentía feliz y muy afortunada al haber encontrado trabajo, vivienda y escuela en tan poco tiempo. Esa misma tarde le daría las gracias a doña Conchita y al día siguiente partiría hacia mi nueva vida.

Cuando entré en la casa vi a Chilpa tirado en el

sillón de la sala leyendo un cómic, atravesé frente a él como si no lo hubiera visto y me dirigí a la cocina. Doña Conchita no se veía por ningún lado, se me ocurrió que tal vez estaría en su recámara... En el momento que di media vuelta para salir de la cocina vi a Chilpa en la puerta. De pie, con los brazos y los pies extendidos en cruz, parecía más un gigante que el muchacho baboso que era.

—Ora sí, chava, vas a saber lo que es el verdadero amor —dijo riendo estúpidamente—. No, ni busques a mi tía que salió a ver a una amiga y no regresará hasta dentro de unas horas, así que tenemos tiempo de "darle vuelo a la hilacha" a nuestro gusto.

No lo pensé ni un segundo, aprovechando que tenía las patas abiertas, me acerqué rápidamente y le di un rodillazo en los huevos. Chilpa cayó doblado hacia delante chillando como el marrano que era; yo brinqué por encima de su hombro para salir de la cocina, pero alcanzó a tomarme el tobillo izquierdo y me hizo caer de bruces; con el pie derecho le di una patada, aflojó un momento la mano y alcancé a zafarme; me puse de pie y corrí hacia la puerta de entrada. Al dar la vuelta al picaporte sentí que me tiraba de la cola de caballo. Me di la vuelta y encajé mis uñas en su carota; no podía moverme porque estaba atrapada entre la puerta y el corpachón de Chilpa; me soltó el pelo para tomarme las manos y yo desesperada vi a mi derecha un florero de vidrio que estaba sobre una mesita junto a la puerta; rápidamente zafé una mano, lo tomé y lo sorrajé en su cabeza.

Si no hubiera sido por la terrible situación en la que me encontraba me hubiera reído de la cara de Chilpa. Con los ojos para arriba y la bocota abierta como alelado, se tambaleó... Me hubiera gustado verlo caer, pero no era momento para esperar, me di media vuelta, abrí la puerta y salí hacia la calle.

Corrí como loca, sentía que Chilpa venía detrás de mí y que en cualquier momento me daría alcance, no me atrevía a voltear por miedo de aminorar mi carrera, me faltaba el aire, sentía que se me iba a salir el corazón por la boca y me dio un dolor del lado derecho del estómago, pero ni eso hizo que me detuviera. Ya era tarde y las calles estaban semivacías. No se me ocurría otra cosa que seguir hasta llegar donde hubiera gente. Por fin llegué a la avenida Chapultepec y vi una cola de personas que esperaban el camión que iba al centro. Me detuve y tomé aire, me formé resoplando y sudorosa. Tomaría el camión e iría a casa de la señorita Adela a pedirle ayuda, no vivía muy lejos, pero desde luego me iba a sentir más segura en el camión, que tener que caminar sola por las calles.

Volteé para todos lados, ni sombra de Chilpa. *A lo mejor le rompí la cabeza y se quedó más descerebrado que antes*, me dije casi sonriendo.

En el momento en que el autobús se detuvo en la parada, me di cuenta de que no traía bolsa ni dinero. No tendría más remedio que caminar las diez cuadras hasta donde vivía la señorita. Fue de los peores momentos de mi vida, procuraba arrimarme a las parejas o grupos de transeúntes y a cada momento volteaba a ver si Chilpa no venía atrás de mí.

Heberto y Adela se asustaron cuando me vieron llegar agotada y muerta de miedo. Me dieron un té de tila y me pidieron que les contara todo lo sucedido. Muy indignados, se ofrecieron a acompañarme a la casa de Bucareli para que recogiera mis cosas.

Cuando llegamos, ya estaba ahí doña Conchita, poniéndole hielo en la cabeza a su adorado sobrino.

—Pero ¿cómo te atreves a presentarte, infeliz? ¿No tienes suficiente con haberle roto la cabeza a Chilpita? —me gritó—. Y ustedes: ¡no saben lo que hizo esta desgraciada, después de que le brindé mi casa, mi protección y mi compañía!

—Doña Conchita, ¿no le ha contado su "niñito" que quiso abusar de mí? ¿Y que por eso le rompí el jarrón en la cabeza?

Chilpa abrió la boca como para decir algo, pero no articuló palabra.

—Eso nadie te lo va a creer, ¡mentirosa!, ¡india ladina! ¿Cómo voy a pensar, en primer lugar, que a un muchacho como mi Chilpita le pueda atraer alguien tan vulgar como tú?

—Madrina —intervino Adela—, la chica no miente, Chilpa intentó violarla… y no es la primera vez.

Doña Conchita tomó la cara de Chilpa y lo miró a los ojos. El muchacho, que todavía estaba pálido por el golpe, se puso colorado como jitomate y bajó la mirada.

—Si así fuera, tú tienes la culpa por andarle coqueteando y vestirte con esas falditas cortas, ¡arrastrada!, ¡descocada! Eso es lo que eres. Chilpa es hombre y no es ciego, y si una cualquiera como tú le da pie, pues... además, a mí se me hace que la que quería eras tú, ¡puta desvergonzada! Así pagas lo que he hecho por ti, agarra tus chivas y te me largas de mi casa, pero ahorita —dijo la anciana tronándome los dedos.

Di media vuelta y me dirigí a mi cuarto con vista al pasillo, empaqué las pocas cosas que tenía en una bolsa y regresé a la sala. Todos estaban en las mismas posiciones en que los dejé, volteé a ver a Chilpa y me di cuenta de que mi miedo se convertía en odio porque sentí que mi mirada lo taladraba. Chilpa palideció de nuevo.

CAPÍTULO
SIETE

La señora Mieres era una española que llegó a México en la época de Lázaro Cárdenas. Ella y su esposo vinieron como refugiados y vivieron varios años en el puerto de Veracruz antes de instalarse definitivamente en la Ciudad de México. Por desgracia, y por diferentes causas, su esposo había muerto y también sus tres hijos. A ella no le gustaba hablar sobre eso, más bien casi no abría la boca, más que para saludar amablemente o para cobrar la renta. La historia de sus duelos me la contó la señorita Adela; ella la sabía porque fueron vecinas cuando era niña.

La casa de la señora Mieres me fascinó: tenía una gran puerta de hierro forjado y un enorme jardín con muchos árboles; aunque el lugar estaba descuidado y las plantas crecían sin ningún orden ni sentido; nunca supe si a ella le gustaba de esa manera o es que no podía darse el lujo de pagar un jardinero.

Era una casa antigua con muchos cuartos, me imagino que ella los dividió para tener más lugar para rentar. El mío me encantó, era pequeño pero muy acogedor. Una cama de buen tamaño donde por fin iba a poder dormir a mis anchas, un ropero antiguo cuyas puertas tenían grandes espejos, un buró y una mesa con una silla eran el mobiliario; mucho más de lo que tuve para mí en cualquier momento de mi vida. Pero lo que más me gustó fue la vista que tenía desde la ventana. Daba a un patio interior con una fuente de piedra. Tampoco estaba bien cuidada, pero así tenía su encanto. Contenía agua enlamada y a los pajaritos del vecindario les gustaba bañarse ahí. Me pasaba horas observándolos desde mi ventana, a veces bajaba y me gustaba sentarme a leer en una de las bancas de hierro que rodeaban la fuente. Las paredes de la casa obstruían el sol la mayoría del tiempo, solamente al mediodía y durante poco rato daba de lleno. Lo agradable del lugar era precisamente su tranquilidad, su frescura y su soledad.

La señora Mieres tenía sus reglas: sus huéspedes éramos exclusivamente mujeres, no aceptaba hombres; esto a mí me pareció una ventaja pues no quería volver a pasar la experiencia que tuve con Chilpa; la mayoría éramos estudiantes de provincia; la renta incluía el desayuno y la merienda, y existía un horario estricto para las comidas y para cerrar la puerta.

Me levantaba temprano y después de desayunar me iba a la escuela preparatoria a estudiar desde las ocho de la mañana hasta las tres de la tarde. Compraba una torta que me comía en el camión para luego llegar a trabajar al consultorio de la hermana de

Heberto: la doctora Juárez. Lo único que tenía que hacer era contestar el teléfono, anotar las citas, dar paso a los clientes y cobrar la consulta. Era un trabajo tedioso y poco interesante, pero yo estaba sumamente agradecida con Heberto por haberme proporcionado una manera de vivir. Por primera vez en mi vida me sentía libre e independiente.

Me mantenía ocupada en el consultorio de las cuatro de la tarde a las nueve de la noche, entonces corría para llegar a casa de la señora Mieres antes de que dieran las diez y cerraran la vieja puerta de hierro.

Sábados y domingos generalmente me ponía al corriente con mis tareas escolares. A veces alguna de mis compañeras de la casa me insistía para que fuéramos a dar la vuelta a Chapultepec o a la Alameda Central. En ocasiones íbamos al cine y alguna vez ahorré dinero para ir al teatro.

A casi todas las chicas les gustaba hablar de sus lugares de origen y de sus familias: que si «No hay lugar como Morelia o Guadalajara»; que «Extraño mucho a mi familia»; que «Ya quiero que sean vacaciones para ir a ver a mi mamá». Yo me quedaba en silencio y se me ocurría que ni quería ir a Balsas ni extrañaba a nadie; y cuando alguna me preguntaba por mi pueblo, respondía con evasivas. Era como si yo hubiera enterrado mi pasado.

Esos primeros meses en la escuela preparatoria pasaron a un ritmo acompasado y monótono, se volvió una rutina agradable y tranquila. Seguía recibiendo cartas de Tomasa, así me mantenía informada de lo que sucedía en mi pueblo; de todas formas, ellas eran mi familia y las amaba, aunque no tuviera el menor deseo de verlas. Yo me temía que cada vez nos alejaríamos más y que iba a llegar el momento en que fuéramos como extrañas, entonces de alguna manera me sentía bien al mantener por lo menos ese vínculo con mi hermana mayor.

"Balsas, a 2 de julio de 1968

Querida hermana:

Ahora sí que estamos como que nos cayó una tormenta encima. Yo creía que ya las tragedias de la familia se habían quedado atrás... pero Dios Nuestro Señor nos sigue poniendo a prueba y ha decidido llevarse a su lado a nuestra querida hermana Gumersinda.

Siento mucho tener que darte esta triste noticia. Como ya te había comunicado antes, Gumersinda, que se había tardado, por fin salió de encargo. Es muy triste que una joven muera de parto y no paramos de llorar y de pedirle a Dios que la tenga en su Santa Gloria, a ella y al bebé. El asunto fue que el niño no pudo nacer, fueron horas de dolor y angustia las que pasó la pobre Gume. A la partera le fue imposible sacar a la criaturita. Se llamó al doctor y nos dijo que era necesario llevarla al hospital de Mezcala para hacerle una operación, pero ya cuando Mundo, su marido, se la llevó, era muy tarde. Gume se murió en el camino, ya no hubo nada que hacer. La enterramos con su angelito en los brazos. Mamá está demasiado triste y nos da miedo que se enferme. Ya son muchos los pesares que ha tenido que aguantar. ¡Sólo Dios sabe por qué hace sufrir a sus hijos!

Además, para acabarla de amolar, Carmen y

su esposo, ya hartos de pasar hambre, se van al norte a probar suerte, a ver si pueden pasar del otro lado. Están decididos a irse con todo y chamacos. Cada vez la pobreza arrecia más por acá, también yo estoy pensando en la posibilidad de irme con mis niños a alcanzar a Maximino, que, como tú sabes, ya lleva varios años en California; él, claro, está sin papeles, pero me dice que va juntando dinero para pagar a algún pollero que nos pase del otro lado. Mucha gente está abandonando el pueblo como Carmen y cada vez nos quedamos más solos. Entre Rita y yo nos las arreglamos para cuidar la tiendita de mamá porque, como te decía, ella no levanta cabeza desde la muerte de Gume.

Acá serías muy necesaria, ahora que me cuentas que terminaste la secundaria, te imaginé de regreso para enseñarles a los niños a leer y a escribir. Ya pasó mucho tiempo del disgusto que tuviste con mamá y estoy segura de que podrías vivir feliz con tu familia. No me imagino cómo puedes estar solita sin tu gente que tanto te quiere. Además, acuérdate que no todo en la vida es recibir sino también saber dar. Ya para terminar te doy una buena noticia:

Te cuento que don José pasó por aquí con nuestro hermano, está harto crecido y según esto es muy sesudo como tú y está pensando en estudiar para ingeniero. El tío preguntó por ti y se admiró mucho de que tú también estudies en la capital. A pesar de que él no está de acuerdo con que las mujeres anden sueltas, mostró su disposición para apoyarte y te quiere mandar un dinerito como ayuda mensual. Necesito que me pongas un apartado postal para que él te pueda enviar los centavos. También a mi madre le dio dinero para que le dé una arregladita a la casa porque la temporada de lluvias se dejó venir muy fuerte y el agua se metió a la casa y el piso quedó hecho una calamidad.

¡Dios te bendiga siempre Marinita!
Tu hermana Tomasa".

Mientras leía la carta me di cuenta de que se me habían rodado las lágrimas, pero no pude dejar de leer, así que dejé que me corrieran por la cara y cayeran en la hoja de papel. Cuando terminé, me soné y me limpié la cara. Como era mi costumbre, la volví a leer, pero tuve que dejarla a la mitad porque me puse a sollozar. Después fui al baño y vomité. Luego me acosté en mi cama y volví a llorar hasta que me quedé dormida.

Esa noche soñé con mi hermana Gumersinda: a través del vidrio de la ventana, me veía con ojos tristes y asombrados, se veía tan pálida y flaca como siempre fue, yo me levantaba de la cama y me acercaba, quería abrazarla, acariciarla, pero el vidrio que había entre nosotras lo impedía.

—No estés triste, Marina —me decía—. No regreses... sigue adelante. Piensa en mí cuando quieras darte por vencida...

Me desperté con los puños cerrados y las marcas de mis uñas en las palmas de mis manos adoloridas.

Me vestí y fui a arreglar lo del apartado postal, me pareció excelente contar con algo más de dinero, se me ocurrió que podría tomar un curso de inglés.

Todo el camino pensé en Gume y su bebé, de pronto exhalé un gran suspiro y me dio vergüenza porque toda la gente en el camión me volteó a ver.

Como me sentía tan triste preferí no regresar a casa de momento, era sábado por la mañana y no quería estar sola en mi cuarto. Decidí ir a buscar consuelo con la señorita Adela.

Ahora la veía muy de vez en cuando, había tenido un hijo y se dedicaba completamente a su hogar. Procuraba siempre ir cuando Heberto estuviera en su trabajo para evitar encontrármelo, aunque yo tenía la seguridad de que él entendía que yo nunca iba a responder a sus coqueteos.

Después de abrazarme cariñosamente y de ofrecerme un café, me contó algo terrible que acababa de suceder: Chilpa había muerto, lo apuñalaron durante un pleito de borrachos en una cantina; doña Conchita, de la pena, sufrió una embolia y estaba recluida en un asilo. No podía hablar ni caminar y la memoria se le había ido por completo. Tanto así que cuando la señorita Adela fue a verla la pobre mujer no la reconoció.

Me impresionó mucho la historia. Y a pesar de lo mal que me trató y la manera en que me corrió de su casa, tuve pena por doña Conchita.

—Primero Gloria y ahora Chilpa, ¿habrá algo de verdad en lo que se dice de mí?, ¿tendré yo esa capacidad de hacer daño a alguien por venganza? ¿Y Tiburcio?... También murió... ¿No le parecen muchas coincidencias?

—¡Por favor, Marina! Tú eres una joven inteligente. No puede ser que creas esas patrañas que ha inventado gente tonta. Tiburcio, como tú misma me contaste, se emborrachó y perdió el camino de regreso; Gloria era una joven desorientada que no tuvo cuidado; y Chilpa, es obvio que era un muchacho desubicado que no medía sus actos ni sus consecuencias. Era un final lógico para cada uno de ellos. En cuanto a mi madrina, es una anciana que no pudo soportar la pena de perder a alguien que era como su hijo. Analiza las cosas y verás que estás dejando que tu imaginación se desborde. Tú no eres culpable de nada de lo que les sucedió a esas personas. Ahora mismo acaba de fallecer tu querida hermana a la que estoy segura de que jamás le hubieras deseado daño. La gente muere, Marina.

Como siempre, mi maestra tenía razón. Me quedé más tranquila con sus palabras.

Cuando llegué a mi cuarto me tiré en la cama, a pesar de las palabras de la señorita yo temía que todos esos signos que me señalaron de niña tuvieran algo de verdad, ¿y si fuera cierto que yo podía hacer el mal de ojo? No podía dejar de pensar en Tiburcio y en Chilpa... ¿Y Gloria? ¿Sería que los odié tanto que provoqué sus muertes? Me quedé ahí tirada como una hora dando vueltas al asunto hasta que sentí frío y me levanté por un suéter. Afuera sonaba una fina y helada lluvia. Ya las sombras entraban de lleno a mi habitación y quise encender la luz, acto inútil porque se había ido. Me acerqué al ropero para abrirlo y sacar el suéter, y me quedé paralizada al ver mi imagen en el espejo de la puerta.

Rita estaba ahí, de pie, vestía una blusa blanca con un cuello grande bordado y una falda azul marino que le llegaba hasta los tobillos, sus pies estaban enfundados en unos huaraches corrientes de cuero, su pelo estaba peinado hacia atrás, me llevé la mano a la espalda y pude sentir una trenza, la tomé y la deslicé por mi cuello hasta que me cayó en el pecho. Rita hizo lo mismo, pero con la mano derecha. Me acerqué un poco más a la imagen. Se le veía delgada en exceso, los huesos brincaban en su rostro; unas negras ojeras hundían sus ojos que tenía sumamente abiertos, como si hubiera recibido una sorpresa desagradable que ni ella misma alcanzara a comprender; su entrecejo estaba fruncido como si padeciera un enorme dolor; la boca la tenía semiabierta como si fuera a decir algo.

Yo cerré los ojos y deseé que Rita desapareciera de mi espejo cuando los abriera de nuevo. Se le veía sola y angustiada y su imagen me dio muchísima pena. Me sentí llena de culpa por ni siquiera haberle preguntado a Tomasa cómo estaba Rita, pero caí entonces en la cuenta de que hacía mucho tiempo que ella misma no me escribía nada sobre la vida de mi gemela, ni siquiera sabía si era feliz con Victoriano. Fui consciente de que yo había deseado borrarla de mi vida, apartarla, negarla; y cuando abrí los ojos, Rita seguía metida en mi espejo. Las palmas de mis manos me comenzaron a sudar, sólo se oía el tenue sonido de la lluvia al caer y el latir de mi corazón. Quería apartarme de la imagen, pero era como si estuviera clavada en el piso, pensé que en cualquier momento iba a escuchar a Rita recriminando mi desinterés y falta de cariño hacia ella. De pronto llegó la luz y por un momento me deslumbró; cuando volví a fijar la vista en el espejo, nada más estaba yo parada con cara de estupor. Llevaba el mismo vestido hindú, rosa claro con listones púrpuras, que me había puesto por la mañana, mi pelo corto tipo "Beatle" un poco alborotado y estaba descalza. Miré mi cuerpo con los kilos que debía de tener y un buen color en las mejillas. Todavía me quedé varios minutos observándome, después me quité el vestido, me puse mi piyama y me metí en la cama sin apagar la luz.

CAPÍTULO OCHO

Aproveché el dinero que me mandaba el tío José y me inscribí a clases de inglés los sábados en la mañana. Ahí fue donde conocí a Daniel Romero. Primero únicamente nos saludábamos al pasar, pues él estaba en un grupo más adelantado que el mío, poco a poco fuimos haciendo conversación. Era un muchacho delgado pero atlético, alto, su piel tan blanca contrastaba con su pelo que de tan negro parecía azul marino, sus ojos oscuros eran rasgados, tipo orientales, y eran tan chispeantes como su carácter. Tenía una manera de reír que contagiaba y era muy amable conmigo. A veces, después de clases, nos íbamos por ahí a tomar un cafecito. Le gustaba ir a la Zona Rosa, muy de moda en aquellos años. Había un restaurante que se llamaba El Toulouse, la dueña era su amiga y le hacía precio especial. Es muy curioso cuando de pronto te encuentras con alguien que aparentemente no tiene nada que ver contigo y sin embargo surge algo que te hace sentir muy a gusto con esa persona, como si lo conocieras de toda la vida. Eso exactamente me sucedió con Daniel, desde el principio nos caímos bien y podíamos platicar sin parar de mil cosas. Disfrutábamos ir juntos al cine y después a cenar o simplemente ir a pasear a la Alameda.

Daniel me atraía, pero no como hombre, sino exclusivamente como amigo; y no me daba miedo que abusara de mí, como fue con Chilpa y Tiburcio. Un día se lo comenté y se sonrió. Me invitó a tomar un café y ahí me dijo que a él no le atraían las mujeres sino los hombres. Incluso me pidió que lo llamara Yoko (obvio, por la Yoko Ono de John Lennon), que así era como le decían de cariño en su ambiente.

Supe que había encontrado a mi compañía perfecta, yo no le parecía rara ni le molestaba mi mirada; al contrario, siempre me decía que mi belleza era muy particular; que a lo mejor tenía antepasados de varias razas; opinaba que mis ojos eran "espectaculares"; que mi pelo parecía de origen europeo; pero que mis pómulos correspondían a una raza indígena. Yo creo que ni sabía bien lo que me decía, pero me hacía reír mucho. Me daba consejos para escoger mi ropa, para peinarme y para caminar: «Derechita y alzando la cabeza», «nada de andar viendo al piso». Me enseñó a comportarme frente a los demás. Me corregía cuando se me salía alguna palabra de las del pueblo, que por entonces todavía tenía muy arraigadas, pero siempre me lo decía con cariño y de buena fe, sin afán de criticar.

Allá en mi pueblo supe de un hombre así; un jotito, le decían. Todos se burlaban de él y lo aislaron desde niño. Acabó yéndose a vivir a la zona roja del pueblo, me daba como lástima. A Daniel no le daba vergüenza ser como era, hasta me parecía que sentía orgullo. Daniel también era de provincia, del norte de México. A diferencia mía, su familia era acomodada, aunque igual de tonta e ignorante. Me contó que lo rechazaron por ser homosexual, que primero quisieron obligarlo a que ocultara sus preferencias sexuales, su padre quería que estudiara una carrera y que se casara con alguna muchacha de su nivel social, incluso lo llevaron con un psiquiatra y luego con un cura, pero él tuvo el valor de romper con su familia y se mudó a la ciudad para vivir como se le diera la gana y para dedicarse por completo a su pasión: la danza. Me contó que vivía con Rob, su novio, que era un empresario gringo que tenía muchos negocios en México y al que le encantaba el arte y la cultura. Me dijo que estaban muy enamorados y que ya llevaban cinco años juntos.

Daniel era un artista, un bailarín de *ballet*, y un día me invitó a verlo actuar al Teatro de Bellas Artes. Antes me llevó a una buena tienda a comprar un vestido y unos zapatos para la ocasión. Él me escogió el vestido: era color verde pasto con estampado de flores rojas y amarillas, con un escote en V y amplias mangas. Yo me sentía como una princesa con ese vestido. Por la tarde, antes de la función, fuimos a su departamento, ahí me presentó a Rob. Él le llevaría como veinte años a Daniel, era gordito, medio calvo y muy amable.

Después, Yoko me hizo un peinado precioso, con rizos que me caían sobre la cara. También me puso unas sombras en los ojos, rímel y bilé. Cuando me vi en el espejo, no podía creer que era la misma joven sosa que se bajó del tren en Buenavista hacía unos cuantos años.

Nos fuimos juntos al teatro y cuando llegamos, Daniel nos dejó solos y se fue a preparar para la función. Rob me tomó del brazo como si fuéramos viejos amigos y caminamos hacia la calle de Madero. Me invitó a tomar algo en el Sanborns de los Azulejos, ahí había quedado de verse con una pareja de amigos. Rob era encantador, muy simpático y hablaba perfecto español aunque con acento. Yo jamás había entrado en ese restaurante ni me imaginaba lo magnífico que era. Rob se asombró de que nunca hubiera estado ahí y ni tardo ni perezoso me contó toda la historia del edificio y de los Condes del Valle de Orizaba. Se notaba que era un hombre con gran cultura y mucho mundo. A los pocos minutos llegaron los amigos de Rob, una pareja heterosexual. Ellos también eran americanos y muy agradables. No sé dónde dejé la timidez, me sentía contenta y a gusto con ellos, como si estar en ese ambiente fuera un hecho natural para mí. Hasta acabé chapurreando en inglés. Me hicieron muchas preguntas: que ¿de dónde era?, que ¿qué hacía? Y a todas mis respuestas exclamaban como si mi origen o mis estudios fueran algo extraordinario. La mujer me dijo que tenía unos ojos admirables, que yo era una joven *¡very very beautiful!* y que el vestido que traía era *¡really gorgeous!* Rob pagó la cuenta y los cuatro nos dirigimos hacia el teatro.

Cuando entré al teatro me quedé impresionada por su grandiosidad y belleza, al subir las escaleras de mármol de la entrada en verdad me sentí como en un cuento. Rob había comprado muy buenas localidades: abajo en el centro.

La orquesta ya afinaba sus instrumentos, estaba tan emocionada que sentía mariposas volando dentro de mi estómago. Recosté mi nuca en el borde del respaldo para poder admirar la cúpula del teatro. Rob me preguntó si sabía que los vitrales emplomados del plafón representan al dios Apolo y a las nueve musas, y que el gran telón de cristal que teníamos frente a nosotros es único en el mundo, que fue elaborado por la casa Tiffany de Nueva York con un millón de piezas de cristal opalescente y que pesa veinticuatro toneladas. En ese momento se apagaron las luces de la sala e iluminaron el telón que representaba a los volcanes Popocatépetl e Iztaccíhuatl. Tardó como cinco minutos en levantarse dando lugar a otro telón de terciopelo rojo. Luego entró el director de la orquesta y el público aplaudió, yo hice lo mismo. La función comenzaba.

Escuchaba la música y veía a esos seres maravillosos e increíbles dando giros y saltos. Eran de una belleza extraordinaria y a mí me parecía que eran espíritus o seres de otro planeta. Realmente volaban, la gravedad no existía para ellos. Me sentía tan feliz, era como estar en otra dimensión o en otro mundo. Localicé a Yoko entre los bailarines que representaban a los campesinos, bailaba con tal alegría que entendí a lo que se refería cuando me decía que bailar era su gran pasión. Me dio un poco de envidia, yo deseé poder llegar a hacer algo que me diera tanta satisfacción. La obra se llamaba *Giselle* y la trama era acerca de una joven campesina que es engañada por un noble disfrazado, pero el guardabosques del pueblo lo descubre y se lo dice a ella porque la ama. Giselle se vuelve loca de dolor al darse cuenta de la traición de su amado y cae muerta al final del primer acto.

No pude evitar que me escurrieran unas cuantas lágrimas, saqué un Kleenex de mi bolsa y las sequé, temí que cuando prendieran la luz mi rímel se hubiera corrido. Rob volteó a verme y sonrió con ternura, pasó un brazo por mis hombros y me apretó.

—¿Qué te parece si salimos en el intermedio a tomar algo, *dear*?

Después de invitarme un refresco nos detuvimos a beberlo en medio de un gran pasillo. Yo todavía estaba conmocionada por la experiencia de estar ahí y seguía admirando la arquitectura.

—¿Hace mucho que eres amiga de Dani?

—Hace poco tiempo, pero siento que lo conozco de toda la vida.

—Y dime, *my dear*, ¿tienes novio?

—No, no tengo.

—Eres muy bonita, *my darling*. Estoy seguro de que tienes muchos pretendientes. ¿No has notado que cuando sales con Dani, se te acerca uno que otro?

No sabía a dónde quería Rob llevar la conversación. En eso dieron la tercera llamada y regresamos a nuestros asientos. El segundo acto fue todavía más increíble que el primero. Esa noche soñé con Giselle y las Willis, fantasmas vestidas con tules blancos, que salen de sus tumbas y danzan en un bosque a la luz de la luna y que buscan hombres para hacerlos bailar hasta morir, en venganza por haberlas traicionado.

Unas semanas después, Yoko y Rob hicieron una cena para celebrar el cierre de la temporada de *ballet.* Yoko me pidió que llegara antes porque me quería enseñar a cocinar espagueti a la boloñesa. Estaba empeñado en que tenía que aprender alta cocina: «Ándale, para que aprendas a hacer otra cosa que no sean chilaquiles», me decía en tono de broma.

Cuando terminamos de cocinar, Yoko se fue a bañar y arreglar para la fiesta. Vivían en un *penthouse* en Polanco, en un quinceavo piso, era amplio y moderno; de la sala se podía ver una fabulosa vista de la avenida Reforma y del bosque de Chapultepec. Por supuesto que Rob pagaba la renta pues con el sueldo de bailarín de Yoko hubiera sido imposible alquilar tal belleza.

Estaba poniéndome un poco de rímel en las pestañas cuando Rob salió de su recámara.

—Estás muy bonita hoy, *my dear*... ¿Te acuerdas que el otro día te pregunté si tienes muchos pretendientes? Dime, ¿te has fijado si cuando salen Dani y tú se acercan a conversar con ustedes?

—No sé a qué te refieres, Rob.

—Te pregunto abiertamente si has notado que Dani te utilice para atraer muchachos... como carnada —me dijo muy serio y directo. Me quedé sorprendida... ¡Estaba celoso! Seguramente temía que Yoko le pusiera el cuerno con alguien más joven.

—Te equivocas totalmente, Rob. Yoko no sería capaz de usarme de la forma que dices. Él es una maravillosa persona y es mi amigo, nunca haría eso conmigo y te aseguro que es al revés, me cuida como si fuera mi hermano y si un muchacho se me acerca o me pretende, siempre mide sus intenciones y me aconseja. Te juro que nunca he visto que Yoko coqueteé con nadie.

Rob asintió con la cabeza en silencio y luego dijo:

—Espero que tengas razón, *my dear*, y que yo esté equivocado. Olvida todo lo que te dije. Acaba de arreglarte y disfruta la fiesta.

Llegaron muchos bailarines compañeros de Yoko. Me parecían como de otro mundo, bellos y extrovertidos. Lo que más disfruté fue que nadie me vio raro, al contrario, me sacaron a bailar y me platicaron como si yo fuera parte de su grupo. Parecían ángeles alegres y me contagiaron con su buen humor; comí, bebí y bailé hasta la madrugada. Esa noche me quedé a dormir en el sillón de la sala porque la vieja puerta de hierro cerraba a las diez. Cuando me acosté por fin, no podía conciliar el sueño de tanta excitación y porque además tenía los pies hinchados y doloridos de tanto bailar.

Yoko decía que no me la creyera tanto, que ese ambiente no era tan amable y encantador como yo lo veía.

—Todo es ficticio, amiga, como en el teatro, y aunque aparentemente veas que se aman, no es así para nada. Son superficies —me dijo—, como cuando miras la función, tú sólo percibes luz y magia, pero en realidad pujamos, sudamos y sufrimos dolor.

Pues a mí me parecía que sólo sonreían y disfrutaban y no podía creer que entre ellos hubiera muchos que se odiaran al grado de desear que el de adelante se rompiera una pata para tomar su lugar, como decía Yoko.

—La grilla y la envidia son tremendas, hermana. Yo por eso estoy aprendiendo inglés, para ver si cuando Rob regrese a los Estados Unidos me lleva con él. Tal vez pueda encontrar trabajo en alguna compañía de danza de mejor nivel, aunque de antemano sé que el ambiente será igual o muy parecido. También sé que será difícil destacar porque allá hay mucha competencia; pero ¿sabes qué? yo voy a trabajar como loco para lograrlo.

Mi amigo era muy empeñoso y no perdía la esperanza. Igual por eso me identificaba con él, porque los dos queríamos progresar en la vida y no quedarnos acomodados en ningún lugar.

Yoko era muy supersticioso. Pasar abajo de una escalera, ver un gato negro, tirar la sal, romper un espejo, pisar caca de perro con el pie derecho, barrer la casa en la noche, cortarse las uñas los sábados y silbar en un cuarto cerrado aseguraba que daban mala suerte; el número trece lo aterraba y decir la palabra cuyo significado es "bicha que se arrastra" lo hacía ponerse verdaderamente mal. Era aficionado a que le echaran las cartas, decía que era importante saber quién te desea mal o si tu novio te pone los cuernos, y siempre me insistía para que lo acompañara y hacía que a mí también me las leyeran. Yo nunca creía nada de lo que me decían, pero iba con él para darle gusto.

Un día me dijo que quería que fuéramos con una cubana que echaba los caracoles, que era famosísima en Miami y que estaba de paso en México, no podíamos perder la oportunidad. Yo no quería ir, le dije que era dinero tirado a la basura, que eso de la adivinación no existía, pero él insistió:

—¡Ay, chula!, ya sé que a veces inventan, pero esta mujer con la que vamos a ir es ¡in-cre-í-ble! ¡A Tere le ha dicho unas cosas... no sabes! Además, yo te invito, ya hice cita para mañana en la mañana.

La cita fue en un departamento de la Colonia Condesa, creo que era el décimo piso, no estoy segura, pero de lo que sí me acuerdo es de que tenía una vista maravillosa del Parque España y sus alrededores. Yo esperaba encontrar una mujer de color vestida misteriosamente, pero nos recibió una rubia vestida muy informal, con una blusa floreada sin mangas, unos pantalones cortos y sandalias de playa, tenía el pelo cortado a la última moda y era notoria su gran estatura y robustez.

—Pasa tú primero, manita —me dijo Yoko.

Entré a un pequeño cuarto en donde había una mesa con dos sillas. La mujer tomó unos caracoles entre sus manos y empezó a rezar en una lengua extraña al tiempo que los hacía sonar. De pronto los arrojó sobre un tapete de cuero que estaba sobre la mesa.

—Madre viva —dijo.

Yo asentí con la cabeza. Movió los caracoles con la mano mientras decía:

—¡Óyeme!, no entiendo bien, eres una... pero eres dos, es como si estuvieras parada frente a un espejo y el reflejo fueras también tú. Eres como un alma desdoblada, partida por la mitad... tarde o temprano se volverán a juntar en una sola. No hay solamente maldad ni bondad en una persona, eso se complementa, en tu caso esos sentimientos están disfuncionados, chica, equivocados. Vas a tener que vencer a ese reflejo... tarde o temprano se enfrentarán... ten mucho cuidado. Tú no la odies, simplemente perdónala y pídele a Dios que no se crucen sus caminos de nuevo. Ella aparenta lo que no es y ya te ha hecho daño, pero... es como si fueran la misma persona... es tu gemela —concluyó la frase con voz triunfante.

Canijo Yoko, pensé, *seguramente antes le contó mi vida a esta señora...*

—Eres muy joven, pero ya has vivido muchas cosas, sin embargo, mira tú, a pesar de que estuviste casada te falta conocer el amor, ya no tarda en llegar... bueno... yo te voy a dar un consejo y luego tú haces lo que quieras... ¡déjalo pasar! Te va a causar mucho sufrimiento y dolor... tu corazón y tu alma van a quedar hechos pedazos. Tú vas a saber de quién te hablo en cuanto lo veas. Ignóralo y ahórrate el sufrimiento. Llegará después otro hombre, ese sí será para ti, por lo menos serás más tiempo feliz con él... Escúchame bien, por ningún motivo acudas a donde vaya a haber mucha gente o policías porque corres el peligro de encarcelamiento. Aléjate de esas situaciones... de todas maneras te voy a hacer un resguardo, vienes mañana como a esta hora para que te lo dé... ¿Quién es Gume o Gumer, algo así?

¡Caray!, pensé, *esta mujer puede leer los pensamientos, porque nunca le he contado a Yoko acerca de mi hermana Gumersinda.*

—Viene contigo y la acompaña una niña, dice que es tu hermanita... su nombre empieza con "Ch..." dice que no estés triste, que ellas están bien... Tienes que dejarlas ir, chica... Para ayudar a que se vayan, vas a hacer lo que te digo: vas a comprar unas velas de agua, las prendes un día y al siguiente, las vuelves a encender, las subes de altura en un banco o una mesa y así todos los días. Las prendes y las subes de nivel. Ahora te lo escribo para que no te olvides.

Recogía los caracoles, rezaba, los sacudía en

las manos como si fueran dados y los tiraba sobre la mesa, lo hizo como cinco veces.

—Te veo toda llena de tierra metida en una tumba, en lugares donde hubo crueldad y se derramó sangre y que, sin embargo, tienen gran belleza. No te preocupes, no es tuya esa tumba, es de un rey que lo fue hace muchísimos años. Esa va a ser tu pasión, tu profesión en el futuro.

A nadie le había contado que tenía la ambición de ser arqueóloga algún día... Entendí muy bien a qué se refería y sentí cómo mi estómago se apretó de la emoción.

Dicho esto, recogió los caracoles y se me quedó viendo con sus penetrantes ojos azules.

—Buena suerte, chica. Dile a tu amigo que pase.

Cuando me levanté de la silla noté que la había dejado húmeda por el sudor, le pagué a la mujer y salí. Le dije a Yoko que podía pasar y que lo esperaba en la calle, tenía unos enormes deseos de fumarme un cigarrillo. Agarré el vicio en la preparatoria.

Me fumé tres cigarros antes de calmarme y convencerme de que o bien la mujer podía leer la mente o Yoko le contó con anterioridad mi vida y mis ambiciones, y yo caí redondita con la cubana.

Como a la media hora salió Yoko, venía pálido como aspirina.

—¿Qué te dijo? —le pregunté.

—Vamos a tomar algo para que te cuente, necesito sentarme.

Buscamos un café cerca y mientras escogíamos un lugar apartado, noté a Yoko sumamente nervioso. Él pidió un expreso y yo un capuchino. No aguanté más la curiosidad y le pregunté:

—¿Le contaste mi vida a la cubana?

—Claro que no, Marina. En mi vida la había visto, me la recomendó Tere.

—Pues se la contaste a Tere, entonces.

—No, cómo crees, mana, yo no soy chismosa.

—Pues, entonces... me leyó la mente, no encuentro otra explicación.

—Ni te quiero contar lo que me dijo a mí: me dijo que... Rob se va a ir y ni siquiera me va a avisar... que se va a regresar a Estados Unidos sin por lo menos decírmelo. Que vive atormentado de celos, que está seguro de que lo engaño... y que... Marina... lo que te voy a decir... que no salga de entre nosotros... alguna vez he tenido una que otra aventurilla... la carne es débil... pero yo lo amo con locura...

Y se puso a llorar con tal desconsuelo que me levanté y lo abracé.

—Yokito, por favor, son mentiras, supersticiones, inventos, igual la mujer percibió tus miedos, tus inseguridades, nos leyó la mente. Escucha, no tienes que preocuparte por esas falsedades, Rob te quiere mucho y no te va a dejar. Ya lo verás.

CAPÍTULO NUEVE

Durante el tiempo que estudié en la preparatoria empecé a sentir que me relacionaba mejor con la gente, mi timidez dejó de ser tan grave y comencé a hacer amigas. Algunos muchachos se acercaban y me hacían invitaciones para ir a tomar un café o al cine. En algunas ocasiones acepté salir con algunos, pero yo no tenía expectativas respecto a tener una pareja como la mayoría de mis compañeras. A mí me apetecía hacer mi vida sola. No soñaba con casarme ni tener hijos como todas. Ellas se sonreían y se burlaban un poco de mí. Después de las experiencias que pasé con Tiburcio y Chilpa, los hombres no me daban confianza; y aunque tenía curiosidad por conocer el sentimiento de estar enamorada, no creía posible que a mí me fuera a suceder.

Eso pensaba hasta que conocí a Armando. Yo ni siquiera sabía de su existencia porque él estaba en otro grupo dos años delante de mí. Un día simplemente se me acercó y me preguntó si me gustaría ir a tomar un helado. Inmediatamente acepté. Platicamos como dos horas seguidas, me extrañé de mí misma porque no era común que yo soltara la lengua tanto tiempo. Al día siguiente, cuando lo vi en la prepa, sentí como mariposas en el estómago y un gran deseo de que me volviera a invitar a algún lado. ¿Sería eso el amor?

Era alto, medio güero, de nariz grande y recta, delgado y de largos músculos. Lo que más me gustaba de él eran sus ojos, tenía una mirada fuerte pero tierna a la vez y unas cejas negras y pobladas. Cuando me tomaba de la mano me transmitía su calor y yo sentía que ese ardor recorría todo mi cuerpo. Lo más espectacular de su físico era su boca, de labios gruesos y sensuales. La primera vez que me besó sentí que me derretía y que algo dentro de la panza me punzaba, pero no de dolor sino de placer. Todo el tiempo quería estar con él y cuando nos separábamos me sentía ansiosa y las horas me parecían eternas. Mis amigas se burlaban de lo enamorada que estaba de Armando y me traían loca con dichos populares como *"Más pronto cae un hablador que un cojo"* o *"A toda capillita le llega su fiestecita"*.

Armando era de León, Guanajuato, provenía de una familia de origen asturiano y había venido a la ciudad a estudiar y, al igual que yo, cursaba la preparatoria. Sus padres no eran pobres, pero tampoco ricos; y aunque tenían otros hijos que criar, podían darse el lujo de enviarle dinero. Vivía con sus tíos en una casa por la Colonia Clavería, pronto me invitó a conocerlos y me presentó como su novia. Eran personas muy agradables y en seguida me tomaron cariño y me trataron como si yo fuera parte de su familia. Íbamos a comer los domingos y la charla de sobremesa siempre era amena e interesante.

Llegó el momento en que lo único que yo deseaba era hacer el amor con Armando, lo malo era que en la casa de huéspedes de la señora Mieres estaba terminantemente prohibido meter muchachos a nuestro cuarto y en la casa de sus tíos era totalmente impensable, pues él compartía su recámara con su primo. Nos conformábamos con darnos de besos en lo oscurito o acariciarnos durante la película que dizque íbamos a ver. Armando era muy fogoso y aventado, yo creo que si por él hubiera sido, habríamos hecho el amor atrás de un árbol en cualquier parque. Era maravilloso, me volvía loca de pasión, y el placer que sentía cuando me besaba, me trastornaba. Me di cuenta de que era la primera vez en mi existencia que algo era más importante que mi ambición por ser alguien en la vida y que al fin había encontrado a una persona que me amaba tal y como era.

Le platiqué a Armando que estuve casada antes y que mi marido, Tiburcio, me violó varias veces; también le confesé que me daba miedo haberme vuelto frígida o no poder sentir placer a la hora de hacer el amor. Armando se mostró muy comprensivo y me prometió irse con mucho cuidado. Juntó dinero para irnos a un motel. Fue muy emocionante: pidió un coche prestado y desde que pasó por mí a la casa de huéspedes fue toda una aventura.

El motel era de los clásicos, con un espacio para estacionar. El personal era discreto, casi invisible. Después de estacionarnos, Armando me pidió que aguardara en el auto y entró solo a la administración para pagar y evitarme la pena. Después regresó con la llave y subimos una escalera para entrar al cuarto. Por todo mobiliario tenía una cama matrimonial y dos mesitas de noche.

Se fue con mucha calma, tanto que yo sentía que me volvía loca, me acariciaba suavemente y me besaba con tal ternura que sentí deseos de llorar. Fue la sensación más dulce e increíble que he vivido, nunca imaginé que el sexo pudiera llegar a esos niveles de placer y entrega.

Estaba tan enamorada que me parecía insoportable estar sin Armando. En cierto momento le pedí que viviéramos juntos, quería pasar el resto de mi vida a su lado, pero él, más juicioso, me hizo entrar en razón. Todavía ni siquiera terminábamos la preparatoria, ambos carecíamos de entradas suficientes como para montar un departamento y enfrentarnos solos a los gastos que eso significaba. Me pidió que esperara un tiempo, al menos hasta que estuviéramos encaminados en nuestras respectivas profesiones. Yo desesperaba, me parecía que faltaban siglos para que eso ocurriera. Siempre había analizado muy bien las cosas y ahora me sorprendía de mí misma y de mi completa locura por Armando.

Era el sesenta y ocho y yo cursaba el primer año de prepa, pero a partir del bazucazo que derribó la maravillosa puerta de nuestra escuela y la toma por parte del Ejército, las clases prácticamente se suspendieron y las manifestaciones estudiantiles se volvieron cada vez más frecuentes. Los tíos de Armando tenían mucho miedo, y cada vez que los veíamos nos rogaban que nos alejáramos de los mítines, incluso sugirieron que nos fuéramos a León con los papás de Armando mientras se calmaban las cosas. Pero mi novio era muy aguerrido y si bien nunca fue un líder estudiantil, sí era asistente regular de asambleas y marchas. Yo también estuve en varias, recuerdo sobre todo la Marcha del Silencio, nos pegamos un esparadrapo en la boca y marchamos todos unidos por los brazos, el contingente donde iba era, por supuesto, el de mi prepa. Fue muy emocionante sentir la unión y la fuerza del silencio, éramos jóvenes y teníamos muchos sueños, queríamos libertad y deseábamos ser escuchados por los adultos, cambiar el país y el mundo entero y demostrar que nosotros los estudiantes podíamos hacer un mundo mejor. Jalábamos parejo con nuestros compañeros y creíamos, tontamente, en eso de que la unión hace la fuerza y que venceríamos al Gobierno. ¿Qué si había peligro? No cabía duda, pero eso era parte también de la emoción. Existía en el ambiente un espíritu de lucha y de sacrificio y estábamos dispuestos a morir si fuera necesario con tal de lograr el cambio en nuestro país. Varias veces nos tocó huir cuando arremetían los granaderos contra alguna manifestación o reunión estudiantil, y también nos tocó ayudar a varios compañeros que fueron arrestados y encarcelados. El miedo de que nos aprehendieran o de que nos golpearan era parte del encanto, no puedo negarlo. La adrenalina me hacía sentir fuerte y viva, y a veces hasta el hecho de correr con los granaderos persiguiéndonos era como un reto a la vida misma. De todos modos, participaras o no del movimiento, corrías el riesgo de ser capturado por el simple hecho de ser joven. La policía simplemente tenía el derecho a cachearnos nada más porque sí, dizque para ver si no traíamos armas escondidas. Yo tenía más temor por Armando que por mí porque se la agarraban peor con los hombres que con las mujeres; como que a nosotras nos trataban con un poco más de respeto, si puedo llamarlo así, se contentaban con meter mano y tocar cuanto pudieran, pero era raro que detuvieran a alguna compañera. Mi amigo Yoko me decía que estaba demente al andar metida en tanto relajo, no entendía qué era lo queríamos los estudiantes, y es que, aunque también era joven, Yoko y sus amigos vivían en su propio planeta. Lo único que a ellos, los bailarines, les interesaba era su danza, como si no les afectaran los problemas del país donde vivían. Además, él no quería por nada del mundo que se cancelaran las Olimpiadas, que serían en octubre, y muchísimo menos que le fueran a suprimir sus funciones de septiembre en Bellas Artes. Tuvimos varias discusiones al respecto, hasta que me di cuenta de que ni yo entendía con exactitud qué pretendía el consejo de huelga estudiantil. Así que dejé de discutir con él y acabé por respetar su manera de pensar.

Un día me llamó una compañera de Yoko para decirme que estaba preso en una delegación. Sin dudarlo un momento metí unos billetes en mi bolsa y fui lo más rápido que pude al rescate de mi amigo. Cuando llegué, ya Rob estaba ahí, alegando con un policía en una ventanilla, estaba literalmente rojo bermellón, creí que le iba a dar un ataque. Me acerqué para averiguar algo; al verme, me abrazó, me besó y me pidió que hablara yo con el policía. Aunque el español de Rob era bastante bueno, con la angustia se le trababan las palabras y no podía entender lo que el policía le decía. Me pidió que tratara de arreglar las cosas.

Resultó que a Yoko lo habían agarrado en una manifestación. Yo no podía creer que esto fuera verdad, pero para no alargar más las cosas o complicar su situación, le pedí al policía que me dijera el monto de la multa o qué era lo que procedía hacer.

No tenía derecho a fianza porque se le acusaba de asociación delictuosa y agresión a propiedad ajena. El agente me dijo que al día siguiente lo trasladarían al Palacio Negro de Lecumberri. Lo único que pude conseguir fue que Rob pudiera entrar a verlo a los separos, mientras yo buscaba un teléfono para hablar con Armando. Él conocía a un joven abogado que por el momento se dedicaba a sacar libres a otros jóvenes acusados de lo mismo, siempre y cuando no fuera un líder estudiantil, por supuesto, porque eso sí era casi imposible.

Me senté en una silla a esperar a Rob, lo vi salir todavía rojo, pero noté que ahora venía más enojado que preocupado.

—No lo puedo creer, *darling,* el bobo de Dani dice que lo único que estaba haciendo ahí parado era mirar la manifestación. Cuenta que cuando llegaron los granaderos muchos estudiantes se dieron a la fuga y el *silly,* en lugar de quedarse donde estaba o quitarse del camino, se echó a correr con los jóvenes. La mayoría huyó, pero él se atarantó y lo agarraron. *¡My God!*

Esperamos varias horas a que llegara Armando con el abogado, ya oscurecía y por lo tanto lo más probable era que el inocente de mi amigo tendría que pasar la noche en los separos de la policía. El licenciado hizo sus diligencias, fue y vino, subió y bajó, recorrió ventanillas y se entrevistó con cuanta gente conocía. Al final nos comunicó que Yoko quedaría libre en la mañana por falta de pruebas y con unas cuantas "mordidas" que tendríamos que pagar, además de sus honorarios. Nos fuimos a dormir, pues por el momento no quedaba ya nada por hacer. Al día siguiente salimos de la delegación con un Yoko pálido, asustado y ojeroso.

Una noche me despertó un dolor espantoso en la panza y de pronto fui consciente de que llevaba varias horas dormida soñando que algo me atravesaba el vientre, eran punzadas que iban y venían mientras yo subía una escalera como las de los circos: de esas que tienen un travesaño a la derecha y otro a la izquierda alternados.

Me encontraba bañada en sudor, me levanté, me puse las pantuflas y atravesé el pasillo que daba al baño que servía a las recámaras de ese piso. Supuse que cené algo en mal estado o que tenía un cólico menstrual; y que tal vez si volvía el estómago el trastorno se me pasaría. Entré y encendí la luz. El baño era espacioso, de azulejos antiguos y con una gran tina, me senté en el borde, todavía sudando y mareada, pero la molestia había disminuido notablemente. Me quedé unos minutos sentada y me doblé sobre mis rodillas hasta que el dolor se quitó por completo.

Entonces me levanté, me dirigí al lavabo y abrí las llaves del agua para mojarme un poco la cara. Cuando me vi en el espejo me asusté: estaba pálida y demacrada, mis ojos se notaban hundidos en mi rostro y unos círculos negros los rodeaban; mis labios se veían completamente blancos. Me volví a sentar en el borde de la tina, estaba muy preocupada por el aspecto que tenía y deduje que algo grave me estaba sucediendo y que tenía que hacer algo al respecto, a lo mejor despertar a la señora Mieres o a alguna compañera para pedir que me llevaran a un hospital... después de pasar unos minutos con la cabeza entre mis manos, me tallé los ojos, me levanté con piernas temblorosas por el miedo, mas no por ningún dolor, y me volví a mirar en el espejo del lavabo.

Quizás estaba semidormida cuando me vi la primera vez porque ahora mi cara era normal, lo único "fuera de sitio" era que tenía el pelo alborotado y los ojos de cualquier persona que despierta en la madrugada. Probablemente estaba somnolienta o tal vez fue la penumbra la que me hizo verme en calidad de muerta. Sentí un escalofrío y me di cuenta de que ni siquiera me había puesto la bata para venir hasta el baño, era invierno y hacía mucho frío; así que, sin meditarlo más, regresé a mi habitación y me metí a la cama tapándome con las cobijas hasta las orejas. Pensé que a lo mejor sólo soñé con el dolor... Poco a poco fui entrando en calor hasta que caí en un duermevela, ese estado en donde estás entre dormida y despierta. Cada vez que caía en sueño profundo se me aparecía aquel rostro casi cadavérico, hasta que me di cuenta de que no era yo, era Rita la que sufría por alguna razón. ¡No sé cómo no lo deduje antes! Decidí que le escribiría una carta a Tomasa por la mañana.

A la semana siguiente recibí la respuesta de mi

hermana.

"Balsas, a 18 de septiembre de 1968

Querida Marina:

Yo pensaba que ya te había contado sobre Rita; si no fue así, no me explico el motivo para no haberlo hecho, pudiera ser que la carta en donde te lo escribí se haya perdido.

Desde la primera vez que Rita salió de encargo la criatura no se pudo lograr. No sabemos por qué razón la echó fuera antes de llegar a cuentas. Y ya hubo una segunda vez que le sucedió lo mismo. Quiere, a pesar de todo, seguirlo intentando y esperemos que se alivie en el momento que tiene que ser. Ella ha estado muy triste y desanimada por esta razón, pero no pierde las esperanzas a pesar de todo.

Eso ha afligido mucho a Rita porque lo que más desea en el mundo es ser madre. Yo le digo que todo está en manos de Dios y le he mandado a decir varias misas para ella y para sus angelitos que volaron al cielo, pero no se conforma, sigue empecinada y dice que aunque haya perdido a sus chiquititos dos veces, lo seguirá intentando y que no le importa morir (Dios no lo quiera), porque te cuento que ya un doctor le advirtió que tantas pérdidas pueden resultar peligrosas. Lo peor de todo es que Victoriano se ha dedicado a tomar, dice que porque está muy desilusionado de la vida y porque Dios no le concede el favor de ser padre. Rita está demasiado triste, pero justifica a su marido porque alega que no poder lograr un hijo es una buena razón para pasarse todo el día empulcado. Ya los padres de Victoriano intentaron hablar con él, pero no escucha razón y ellos ya no pueden gobernarlo.

El curandero le hizo una limpia a Rita, yo les digo que nadie más que Dios puede componerla, pero ya ves que mamá le tiene mucha fe a don Crisóstomo.

Tu hermana que te quiere. Tomasa."

Me dio pena Rita, yo entendía que se sintiera frustrada por no ser madre, para ella esa era la manera de realizarse como mujer. En cuanto a Tomasa y a mi madre, me parecía increíble que siguieran con sus cuentos de "malas vibras" y supercherías.

CAPÍTULO
DIEZ

En la madrugada del 2 de octubre desperté
bañada en sudor y atarantada por la fiebre, el resto de
la noche dormité a ratos y por momentos creo que
deliré. Me dolía terriblemente la cabeza y el pecho y
sentía que apenas podía respirar. Primero pensé que
otra vez estaba siendo blanco de los malestares de
Rita, pero cuando en la mañana me levanté con una
gran debilidad, me di cuenta de que realmente estaba
enferma. Salí a buscar a la señora Mieres para pedirle
ayuda, ella se alarmó mucho y mandó traer a su
médico y él diagnosticó que me pescó un virus sin
nombre ni apellido que me causó una influenza y era
indispensable que guardara cama y tomara muchos
líquidos. Yo le pregunté que si creía que para la tarde
estaría mejor porque ese día habría una gran
concentración en la Plaza de las Tres Culturas en
Tlatelolco y no me la quería perder. Me respondió que
estaba totalmente loca si pensaba salir, que la

enfermedad podría complicarse e incluso derivar en una neumonía y que me prohibía terminantemente salir de la cama. No sé si por lo mal que me sentía o porque presentí algo, me solté a llorar como si me hubieran dado la noticia más triste de mi vida.

Tenía que hablar con Armando para decirle lo que me pasaba y pedirle que él tampoco fuera. Todavía con la lágrima rodando me atreví a pedirle a la señora Mieres que le permitiera a mi novio visitarme, no pensé que iba a aceptar pero lo hizo, siempre y cuando no fuera en mi cuarto sino en la sala de la casa. También me dejó usar el teléfono, así que le llamé y quedó de pasar en una hora a verme.

Al llegar me abrazó y me besó a pesar de mis protestas, temía contagiarle mi maldito virus. Él, con firmeza, me prohibió que saliera y me rogó que permaneciera en la cama al menos ese día. Le pedí que se quedara conmigo, no sé... yo sentía que cuando íbamos juntos a las marchas y los mítines, de alguna manera nos cuidábamos uno al otro. Mi petición fue inútil y lo único que pude lograr fue su promesa de que tendría cuidado e iría junto con varios compañeros.

A la mañana siguiente me sentía mucho mejor, me vestí y bajé a hablar a una caseta de teléfono para no molestar más a la señora Mieres. La casa estaba semivacía porque muchas de las huéspedes, al estar cerradas sus escuelas, prefirieron irse a sus respectivos sitios de origen para estar un tiempo con sus familias ya que en la ciudad todo era caótico. Me contestó su tía y me dijo que estaban muy preocupados por Armando porque no llegó en toda la noche ni tampoco se comunicó con ellos. Me puse muy nerviosa y me dio un vuelco el corazón, traté de calmarme diciéndome a mí misma que no había sucedido nada grave, que seguramente se quedó en la casa de algún compañero a pasar la noche. Busqué más monedas y llamé entonces a un amigo de Armando con el que yo estaba segura se marchó a Tlatelolco la tarde anterior.

Entonces me contó: me dijo que de milagro estaba vivo y en su casa, que el Gobierno los traicionó. Me contó cómo se encendieron luces de bengala y, él deducía, esa fue la señal para comenzar el tiroteo, porque unos individuos con un guante blanco en la mano dispararon junto con el Ejército a la multitud desde el Edificio Chihuahua, hiriendo y matando por igual a estudiantes, civiles y granaderos. Después hubo fuego cruzado, era imposible saber de dónde venían las balas y entonces la gente se echó a correr en todas direcciones. Fue una matanza espantosa. En el caos que se armó perdió de vista a Armando. Me dijo que agradecía la suerte que tuvo al poderse escabullir con rapidez. Vio que algunos se escondían en los edificios aledaños, protegidos por los mismos vecinos, y que hasta en los tinacos se metieron algunos muchachos, pero de Armando no tenía ninguna noticia.

Aterrada, le colgué el teléfono sin despedirme siquiera. Rebusqué en mi monedero para encontrar otra moneda, llamé a Yoko y le pedí que me acompañara a la Plaza de las Tres Culturas, no sabía bien qué esperaba encontrar, pero tenía la esperanza de que Armando fuera de los que se habían escondido, tal vez estuviera herido adentro de un tinaco.

Cuando llegamos a la Plaza de las Tres Culturas todo se veía desierto, a excepción de unos hombres con uniforme de limpieza de la ciudad. Echaban agua a través de enormes mangueras... limpiaban el suelo... ¿de sangre? Sin saber ni a dónde íbamos nos acercamos al Edificio Chihuahua en espera yo no sé de qué. Mi amigo se detuvo y me dijo:

—Mira, Marina... en esa pared, esos agujeros... estoy seguro de que son de bala.

Tomamos uno de los elevadores y subimos hasta el último piso del edificio, después trepamos la escalera hacia la azotea. Todo estaba desierto, por supuesto. Yoko me veía con cara de paciencia, era obvio que no tendríamos que haber ido hasta allá y que no íbamos a encontrar a Armando ni a ningún estudiante en espera de que nosotros lo fuéramos a rescatar.

Nos fuimos a la Cruz Roja porque nos dijeron que ahí se llevaron a muchos heridos, pero estaba lleno de policías y no permitían entrar a la gente. Fuimos a varios hospitales, pero en todos era lo mismo, se prohibía la entrada. Dimos vueltas y más vueltas a todos los lugares donde se suponía que tenían estudiantes detenidos o heridos. Me comuniqué con los compañeros que pude, todos estaban muy asustados, encerrados en sus casas y habían apresado a más líderes del movimiento.

Yo ya no sabía si era por la gripe o por la angustia, pero me sentía tan mareada que se me hundía el piso como si estuviera parada en arena. Las filas para hablar por teléfono en las casetas eran enormes. Yoko logró convencerme de que fuéramos a su departamento a hablar por teléfono a los tíos de Armando y a recuperar las energías. Eran las cinco de la tarde y no teníamos ni una pista de dónde podría estar. Acepté y nos fuimos a su casa. Ahí me pude comunicar con más amigos y compañeros, se escuchaban muchos rumores sobre dónde se podrían encontrar los camaradas desaparecidos y ya empezaban a organizarse para ir a buscarlos. Se decía que había detenidos en el Campo Marte, en la Jefatura de la Policía, en la Cárcel Preventiva y en la Penitenciaría del Distrito Federal. Algunos heridos estaban en la Cruz Roja, en el Hospital de Balbuena, en el de la Villa, y en la Delegación Número Tres. También se rumoraba que guardaban varios cadáveres ahí. Al escuchar lo último ya no pude responderle al compañero que me lo decía, Yoko me quitó la bocina de la mano y continuó hablando con él y tomando apuntes. Hicimos una lista de todos los lugares posibles donde pudiéramos encontrar a Armando.

Ante la insistencia del tío de Armando nos fuimos a su casa, pero cuando llegamos él ya se había ido por su cuenta a buscarlo. Tía me abrazó en cuanto me vio y me forzó a tomar un té de tila y un pan tostado. Tenía prendida la televisión como si por ello se fuera a enterar del paradero de su sobrino. No quedaba de otra que esperar, la mujer sacó un rosario y se puso a rezar mientras yo miraba la televisión sin ver, con mi mente dando vueltas de los peores escenarios que me podían aguardar.

No supe a qué hora me venció el agotamiento, el ruido de una puerta me despertó, estaba en un sillón acostada y alguien me había puesto una frazada encima. Era Tío, serían ya como las tres de la madrugada, noté que Yoko estaba dormido en otro sillón y que Tía ya no estaba. Tío se veía demacrado y triste. Se sentó y se cubrió la cara con las manos, nadie preguntó nada, estábamos a la expectativa, pero yo supe lo que iba a decir...

—Vengo de la delegación de policía y de reconocer su cadáver en la morgue —eso fue todo lo que dijo. Yoko me tomó por los hombros y me abrazó, yo me quedé inmóvil, como si no hubiera acabado de escuchar las palabras de Tío, únicamente atiné a levantarme para ir al baño y vomitar el té de tila y el pan tostado. Cuando regresé a la sala Tía lloraba a gritos y Tío la abrazaba, cuando me vieron me abrazaron también, pero yo era como una muñeca de trapo que no podía pensar ni ver ni oír nada. Nos quedamos el resto de la noche sentados en la sala mientras Tío afrontaba la tragedia de llamar por teléfono a su hermano y realizar los planes necesarios para la mañana siguiente: solicitar el cadáver, contratar a una funeraria, el entierro, avisar a los parientes y todos los demás asuntos inherentes a la muerte.

A la mañana siguiente insistí en acompañar a Tío a la morgue, Yoko no me pudo convencer de lo contrario y, ahí sí, se negó a ir conmigo; yo lo entendí muy bien, él era demasiado sensible para afrontar esas cosas tan tremendas.

Nos tuvieron horas haciendo el papeleo y cuando por fin pudimos pasar con los de la agencia funeraria para que lo amortajaran… y lo vi… no sentí nada de lo que yo esperaba. Era como un maniquí, tenía la cabeza aplastada y el cráneo reventado, su rostro estaba cubierto de sangre coagulada y sus ojos abiertos miraban a la nada. Su cuerpo desnudo no tenía nada que ver con el chico hermoso y cálido que fue, sus manos estaban retorcidas y tiesas. Armando ya no estaba, se marchó a no sabía yo dónde, nada quedaba de él ahí.

El tiempo pasó entre abrazos, lágrimas, palabras de consuelo y niebla. Llegaron sus padres y lloraron desconsolados frente a lo que alguna vez fue su hijo, su dicha y su tesoro. Amigos llegaban con caras tristes y palabras amables. Yo permanecí todo el tiempo en la funeraria sin saber qué sentía y sin poder llorar. Estaba como pasmada, recibiendo robóticamente las condolencias de conocidos y desconocidos. Me dolía la nuca cada vez que me abrazaban y lo único que quería era que terminaran todos los ritos que la sociedad ha inventado para agotarse física y moralmente y poder quedarme a solas.

Por fin en mi cuarto de la casa de huéspedes, una vez que estuve conmigo, me solté a llorar a gritos durante horas y horas. Compañeras de la casa me tocaban la puerta, escuché a la señora Mieres decirles que me dejaran... que lo mejor era que llorara, supe que ella lo sabía por experiencia.

¿Cuánto lloré? Lloré ríos, mares, océanos, lava, hielo. Lloré hasta que sentí que me secaba, lloré hasta que me cansé y me quedé dormida; y cuando desperté, seguí llorando días y días hasta que tuve sed y hambre, y entonces me sentí culpable porque tenía necesidades físicas y Armando no. Y después sentí coraje, me odié a mí misma por no haberle impedido ir a ese maldito mitin, odié a Díaz Ordaz y a todos los gobernantes, a mi país, al mundo, al mismo Armando. El llanto se fue espaciando con los días, luego llegaba solamente por la noche, después cada vez que me acordaba... y todavía lo lloro cuando veo su imagen en mi memoria.

Así transcurrieron dos años entre mi tristeza, mi enojo, mi impotencia y la necesidad de seguir adelante a pesar de todo. Ignoro en qué momento me resigné y pensé en el destino como un refugio para mi pena: "así tenía que ser", "estaba escrito", "la cubana me lo advirtió".

Yo tenía que seguir adelante y después de la tragedia que había vivido, sabía que era hora de moverme. No era fácil porque todo me recordaba a Armando. Iba a trabajar y a la prepa como una muerta en vida, mi alma estaba rota y no tenía compostura. Maldije al amor y juré nunca más volver a sentir nada por nadie. Y así, no supe ni cómo, terminé la preparatoria.

CAPÍTULO
ONCE

Cuando me gradué de la preparatoria me di cuenta de que deseaba un cambio en mi vida. Desde que era niña siempre me apasionó la historia, sobre todo la de nuestros antepasados indígenas, me encantaba ir a las pirámides de Teotihuacán y una vez tuve la oportunidad de ir a Cholula en grupo con una maestra de la secundaria. Me imaginaba explorando esos lugares, metiéndome en túneles para descubrir tesoros ocultos o a lo mejor hasta el cuerpo enterrado de algún rey milenario. Encontrar objetos que usaban nuestros antecesores, animales momificados, fósiles y ¡qué sé yo! Me entusiasmaba la idea. Decidí entonces matricularme en la universidad, en la licenciatura en Historia. Una vez que terminara la carrera, tal vez podría hacer una maestría en Arqueología. Mi vida se acomodaba de algún modo y no tenía otra opción que seguir adelante.

Un día vi entre los boletines para estudiantes

de la universidad que se solicitaba una señorita como secretaria de una famosa catedrática de la facultad, sin dudarlo pedí una entrevista con la doctora Téllez. El trabajo consistía básicamente en ayudarle a catalogar su enorme biblioteca, la paga era buena y podía trabajar en mi tiempo libre. La doctora me cayó muy bien y al parecer yo también le agradé porque me dio el trabajo. Así que fui a darle las gracias a la hermana de Heberto y renuncié. Era un cambio y era precisamente lo que yo deseaba. Tampoco quería seguir viviendo en la casa de huéspedes de la señora Mieres, me traía recuerdos muy dolorosos, así que me dediqué a buscar en los boletines y a investigar sobre chicas que quisieran compartir departamento cerca de la universidad. Después de platicar con varias, me convencí de que nunca congeniaría con nadie. No encontré puntos en común con ninguna y reconozco además que yo no era precisamente una persona fácil de tratar, y menos en esa época donde me atizaba la amargura continuamente. Estaba a punto de darme por vencida y continuar en la casa de huéspedes cuando sonó el teléfono. Era Yoko. Su llanto no me permitía entender absolutamente nada de lo que decía y por más que le pedía que se calmara no lo lograba, le pregunté si estaba en su casa y me contestó con un audible "Iiiii", por lo que le pedí que no se moviera de ahí, tomé mi bolso y mis llaves y me fui lo más rápido que pude para averiguar qué le sucedía.

Cuando llegué me lo encontré en un estado lamentable: pálido, ojeroso y con un tufo a alcohol que me aseguró que estuvo bebiendo toda la noche. Lo abracé y se soltó en llanto, auténticamente como una plañidera.

—Pero ¿qué pasa amigo?

—Rob... me dejó... se fue... retiró la cuenta del banco y... desapareció —me dijo entre sollozos.

Me quedé todo el día con él, haciendo mi mejor esfuerzo por consolarlo e insistiéndole en que comiera algo. ¡Qué terrible cosa! Ni siquiera había dado la cara o por lo menos dejado una nota justificándose, se largó como si nada. Yoko pasó de la desesperación a la tristeza y, después de varias horas, a la preocupación.

—¿Y ahora qué voy a hacer, mana? Se llevó todo su dinero, pero también mis ahorros. Nuestra cuenta era mancomunada, ¿cómo iba yo a desconfiar de él...? Si me daba todo lo que yo le pedía y nunca se me ocurrió tener una cuenta aparte, al contrario, era como mi manera de sentir que cooperaba con los gastos... ¿Te acuerdas, Marina, de lo que nos dijo la cubana? Ves como sí decía la verdad, ella lo vio. —Y comenzó a llorar nuevamente.

Lo abracé y lo consolé lo mejor que pude. Tenía su trabajo, era joven, podía encontrar otra persona que lo amara, contaba con amigos que lo queríamos, pero entre más se lo decía más me acordaba de Armando que, de otra manera pero igual, también me abandonó.

—Por supuesto tendré que dejar este departamento tan caro y tan elegante —me dijo hipando.

En ese momento tuve una inspiración: había encontrado a mi "compañero perfecto". No se lo solté de inmediato sino que dejé pasar unos días, quería mostrar un poco de tacto y sensibilidad antes de proponérselo.

A Yoko le encantó la idea de no estar solo y nos dedicamos a buscar un lugar que pudiéramos pagar entre los dos y que estuviera más o menos cerca de su trabajo y de la universidad. Encontramos un hermoso lugar: un pequeño y cálido departamento con dos recámaras, estancia y cocina. Se encontraba en la calle de Amores, en la Colonia Del Valle. Yoko vendió los muebles que Rob no se llevó. No quería conservar nada que se lo recordara. Con ese dinero compramos muebles sencillos, cómodos y a nuestro gusto, y nos mudamos juntos.

Sentí entonces que la vida me guiaba por buen camino y me ayudaba a dejar de mirar hacia atrás. Claro que a veces se nos pasaban las cervezas y nos poníamos a llorar a nuestros novios, pero juntos nos consolábamos y seguíamos adelante.

La compañía de Yoko era ideal para mí. Cada quien se ocupaba de sus propios asuntos, nos dividimos las tareas de la casa y teníamos absoluto respeto por la privacidad del otro, a él le encantaba cocinar y seguía empeñado en enseñarme. En ocasiones salíamos al cine y muchas veces lo acompañé al Teatro de Bellas Artes. Para mí, ver los ensayos desde la primera fila de la sala vacía, asomarme al foso de la orquesta y observar a los músicos era sumamente emocionante. Era otro mundo: mágico y maravilloso, me hubiera encantado ser bailarina.

En una ocasión necesitaban comparsas para un *ballet*. Yoko me animó y me fui a apuntar con el jefe de producción. Increíblemente me escogieron, lo único que tenía que hacer era caminar derecha y atravesar el escenario. Toda una experiencia. Los camerinos para los "extras" estaban en el segundo piso del teatro; me dieron un vestido largo y un sombrero con plumas; me maquillaron y peinaron. Los ensayos fueron muy divertidos y explorar los rincones del teatro fue fabuloso. Sin embargo, un tramoyista me advirtió que tuviera cuidado porque dice la leyenda que existe un fantasma que se aparece en los baños y pasillos... le llaman "El Charro Negro". En una ocasión otro de los técnicos se ofreció a llevarme a los sótanos del edificio para ver al cocodrilo que dicen que ahí vive. Por supuesto que me negué, y al comentárselo a Yoko, se atacó de la risa. Igual me quedé con las ganas de comprobar con mis propios ojos si de verdad hay un cocodrilo en los sótanos del Teatro de Bellas Artes.

Yo creo que lo hice bien porque me llamaron varias veces para hacer comparsería y no sólo para la compañía de *ballet*, sino también para la de ópera. Así fue como actué de mujer de la vida alegre en la *Traviata,* de esclava etíope en *Aída* y de doncella china en *Turandot*, entre muchas otras. Lo mejor de todo era que me pagaban los ensayos y las funciones. Hasta una vez representé a una "mamá de princesa" con los rusos del *ballet* Bolshoi; para ello simplemente tuve que entrar con mi "esposo" y mi "hija" y sentarme en una banca a ver todo el tercer acto de *El lago de los cisnes* de gratis. ¡Fabuloso!

Me gusta recordar esa época de mi vida: entre mis estudios, la biblioteca de la doctora Téllez, mi departamento en la calle de Amores y la magia del escenario (aunque únicamente entrara a caminar o a sentarme) me hicieron sentir viva otra vez y así pude superar mi pena. La vida me tenía reservadas más cosas, sin embargo.

Mi amigo y yo hicimos un pacto: ¡nunca nos volveríamos a enamorar! Lo acordamos una noche junto a una botella de vino tinto mientras llorábamos. El amor no volvería a jugarnos chueco, íbamos a ser solteronas para siempre. Yo me lo tomé muy a pecho, pero él no resistió vivir desenamorado más de tres meses. Una tarde llegó con cara de alelado y ojos chispeantes; y antes de que me dijera nada adiviné.

—Ay, chula, es que es divinooo, güerito como a mí me gustan y tiene unas... ¡Ay!, lo siento, Marina, pero definitivamente no nací para monja. Tú deberías hacer lo mismo, "un clavo saca a otro clavo", perdóname, manita, pero tú también deberías abrir los ojos y ver quién pasa a tu lado porque a lo mejor te vuelve a llegar el amor.

Y diciendo esto, puso un disco y se tiró en el sofá a oír música mientras canturreaba feliz. Yo, la verdad, me sentí un poco ofendida de que no sintiera el mismo dolor y no fuera solidario respecto a nuestro pacto.

Por supuesto que Yoko no rompió su promesa una vez sino muchas. Cuando inevitablemente tronaba su relación, volvía a hacer el juramento. Lo que sí cumplió desde el comienzo fue que nunca más volvió a comprometerse con una sola pareja. Yo seguía empecinada en que no quería volver a sufrir mal de amores; por supuesto que estaba equivocada, a los veintiún años no se pueden hacer esas promesas.

Se llamaba Braulio, era un hombre con una gran personalidad y, aunque casi veinte años mayor que yo, acabó deslumbrándome. Era mi profesor en la universidad y desde el principio me atraparon sus conocimientos y sabiduría. Su cátedra era una delicia, se expresaba tan bien y decía cosas tan interesantes que el tiempo se detenía para mí cuando lo oía hablar.

Él tendría entonces unos cuarenta años, no era atlético precisamente, más bien era del tipo intelectual: con lentes y barba de candado. Siempre vestía de traje, a diferencia de otros profesores que toda la vida andaban de *jeans* y camiseta. Era formal, pero amable.

Se oían rumores de que era viudo, que vivía solo con su madre y una sirvienta en una casa antigua de la Colonia Roma. Usaba una fragancia de olor a lima que me parecía deliciosa...

Claro que yo ni de broma pensaba que podría llegar a fijarse en mí. En esa época me dio por imaginar que yo era una famosísima arqueóloga y que el profesor se había enamorado perdidamente de mí; me pedía matrimonio y viajábamos por todo el mundo. Ni siquiera sabía si era adinerado, a lo mejor vivía de dar clases. Lo que sí, llevaba publicados varios libros y eran famosas sus ponencias. Todas las noches, cuando me iba a dormir, soñaba despierta con él. Me daba cuenta de que era el clásico amor platónico desde un solo ángulo. Eso no significó que hubiera olvidado a Armando, simplemente era otro tipo de amor y de sueño. Ya habían pasado más de tres años y aún me costaba trabajo aceptar que estaba muerto. De cualquier manera, Braulio ni por asomo se fijaba en mí; es más, yo ni siquiera sabía si él conocía de mi existencia.

Por supuesto que nada de esto se lo conté jamás a Yoko, se hubiera echado a reír y mofado de mi ilusorio amor por el profesor Braulio. Continué conformándome con verlo de lejos siendo consciente de que yo era invisible para él.

Desafortunadamente, en el tercer semestre de la carrera ya no me tocó de profesor y me tuve que conformar con mirarlo en los pasillos o en la cafetería de la universidad.

Me esperaba, sin yo saberlo, un tierno y amoroso afecto para llenar el amor que yo podía ofrecer. Empecé a notar que cada vez que descendía del trolebús y caminaba hacia mi departamento, un perrito me acompañaba hasta mi casa. No sé por cuánto tiempo lo hizo sin que yo reparara en él; y como siempre iba de prisa, al principio no le hice mucho caso. Luego noté que me esperaba en las mañanas a que saliera y echaba andar junto conmigo hasta la parada del trolebús. Pensé que pertenecía a algún vecino que lo dejaba suelto porque sabía caminar sin correa. No me parecía callejero ni desnutrido, la verdad no me fijaba mucho en él.

Nunca fui dada a encariñarme con los animales, pero este perro que me hacía compañía sin pedir nada a cambio, se ganó mi aprecio. Yo no sabía de razas ni pedigríes, pero era obvio que este no tenía alcurnia; tampoco lo observé con detenimiento, simplemente caminábamos juntos, y entonces ese paseo se volvió un hábito para el perro y para mí.

Una tarde, al regresar de la universidad, durante el trayecto hacia mi casa noté una soledad no acostumbrada. Me detuve a media calle y volteé para todos lados… ¡claro! no estaba el perro... ¿Qué le habría sucedido? ¿Acaso estaba enfermo o algo peor...? Cambié mi ruta y me puse a dar de vueltas por diferentes calles buscándolo. Pregunté en las misceláneas, a los boleros, en los puestos de revistas, con la señora de las quesadillas y a cuanta gente pudiera ser posible que conociera al perro, pero nadie me dio razón.

Después de una hora de caminar sin sentido, me convencí de que tenía que buscarlo de otra manera, pero no se me ocurría cómo. De pronto me llegó la idea y pensé que si me detenía y cerraba los ojos podría concentrarme y adivinar el paradero del perro, y sin dudarlo me dirigí al parque más próximo, que fue el de Las Arboledas en la calle de Heriberto Frías. Me senté en una banca y cerré los ojos. Pensé en el perro y en mi soledad, lo imaginé junto a mí, acompañándome. Me levanté todavía con los ojos cerrados y giré sobre mí misma, lentamente, muy lentamente, hasta que di la vuelta completa a la derecha y caminé, después hice lo mismo hacia la izquierda hasta que de pronto frené, abrí los ojos y caminé en línea recta, cada vez que dudaba, volvía a cerrar los ojos y a concentrarme. Después de aproximadamente una hora lo encontré, ya anochecía cuando lo vi acurrucado debajo de un árbol, tenía una cara de susto el pobre, y estaba aterido de frío, mojado y sucio. Cuando me vio se quiso levantar como diciéndome: «Perdóname que no he caminado contigo», me acerqué y le vi la cara, me quedé sorprendida, nunca me había fijado en sus ojos... eran iguales a los míos, exactamente iguales, pero de perro... su ojo derecho era negro y el izquierdo azul.

Supe de inmediato que era mi alma gemela y que nunca lo podría abandonar a su suerte. Le acaricié la cabeza y el lomo, se levantó y se apoyó en tres patas, la otra la tenía lastimada. Me quité el suéter que traía puesto y lo envolví con él, lo cargué y me lo llevé a mi casa. No estaba lejos, pero el animal pesaba más de lo que yo hubiera querido. Llegué al departamento sudando y con la lengua de fuera, él me veía con ojos agradecidos.

Le di agua y algo de las sobras del refrigerador, las cuales tragó desesperado. Después lo sequé con una toalla y le revisé su pata, tenía sangre pegada en los pelos y la encogía con dolor. Busqué una cobija vieja y la acomodé debajo de su cuerpo.

El veterinario dijo que no tenía ninguna fractura, pero que sí estaba bastante lastimado, que seguramente lo había atropellado una bicicleta y bueno... obviamente me encariñé con ese perro al grado de adoptarlo, fue mi compañía esos años, siempre fiel y amoroso, y sobre todo tan parecido a mí en la mirada. Le llamé "Cuate", sobra decir por qué. Por supuesto que le tomé una foto y puse anuncios por si alguien lo buscaba, pero pasadas unas semanas nadie lo reclamó. Nunca supe de dónde vino, pero llegué a convencerme de que me lo había enviado Armando para aliviar mi soledad. Y así fue como pasé del amante perdido al amor platónico y finalmente a la fiel compañía de Cuate.

Fue una época de calma: trabajar con la doctora Téllez catalogando su biblioteca, verme rodeada de tantos libros fue para mí un placer. Ella me tomó confianza y cuando terminé con sus libros me pidió que trabajara como su secretaria. La convivencia con Yoko y Cuate me hicieron la vida divertida y tranquila. Así que, sin problemas económicos, casi sin darme cuenta terminé el segundo año de la carrera.

CAPÍTULO
DOCE

La señorita Adela se alejó de mi vida. En todos esos años nada más la vi una vez que por casualidad nos encontramos en la calle. Nos tomamos un café y me contó que finalmente se había divorciado de Heberto porque le ponía el cuerno un día sí y otro también, así que prefería ir sola por la vida con su hijo. Yo guardé silencio acerca de lo del cine y la mano de Heberto en mi pierna, no tenía interés en echarle más leña al fuego.

Una tarde recibí una llamada telefónica que me sorprendió gratamente. Era mi hermano pequeño, que ya no lo era tanto. Me contó que terminó la preparatoria en Chilpancingo y ahora se encontraba en la Ciudad de México cursando la carrera de Ingeniería. Le dije donde vivía y quedamos en vernos al día siguiente. Preparé la comida con anticipación, me sentía emocionada y nerviosa, no había visto a mi hermano desde la infancia y temí que ni siquiera nos fuéramos a reconocer. Me equivoqué, en cuanto abrí la puerta y lo vi, sentí que retomábamos el vínculo que tuvimos desde pequeños. Juan es tres años menor que yo y lo recuerdo de bebé. Me encantaba cargarlo y jugar con él. Era muy inquieto y sumamente travieso, y esa chispa en la mirada que tenía desde entonces no había desaparecido con la edad. Espontáneamente nos abrazamos y luego lo hice pasar a la sala. Me senté frente a él y nos observamos mutuamente. Era un muchacho atractivo, vestido de pantalón vaquero, camisa a rayas y una chamarrita; traía el pelo largo, como se usaba entonces, y tenía una sonrisa encantadora que en seguida daba confianza.

Hablamos sin parar de mil cosas y como si nos hubiéramos visto todos los días de nuestras vidas. Inmediatamente hubo una enorme empatía. Me dijo que el futuro estaba en la computación y que por eso estudiaba ingeniería, para después especializarse como programador. Me preguntó si había ido últimamente por el pueblo. A mí me dio vergüenza decirle que nunca, desde que salí de ahí, regresé. Primero, porque no tenía dinero y después... no lo sabía, tal vez por miedo de volver atrás...

—Tienes razón —me dijo—, de niño iba cada año con mi padrino. Ahora, lo intento, pero cada vez voy menos. Me desespera la pobreza y la ignorancia en la que viven. Me indigna que no hayan hecho algo para salir de la situación en la que viven, que no se superen, que sean tan conformistas. Primero pensé que yo tuve mucha suerte que al morir nuestro padre me hubiera sacado mi padrino de ahí, y me consideré afortunado de poder estudiar y ser algo más que un pobre campesino, pero ahora que te veo me doy cuenta de que no es cuestión de suerte sino de ganas de progresar. Te felicito, Marina, porque has logrado lo que muy poca gente y ha sido por tus propios méritos, por tu esfuerzo y tu trabajo.

Me sentí apenada por sus halagos porque la verdad yo también tuve suerte en mi vida y hubo gente que me ayudó; en cambio yo, no fui capaz de hacer nada por mi familia. Nunca se me ocurrió pensar más que en mí misma.

Nos despedimos con otro cariñoso abrazo y quedamos de estar en contacto para comer aunque fuera un día a la semana. Me sentí dichosa de tener a mi hermano tan guapo e inteligente de nuevo en mi vida.

Casi sin darme cuenta terminé la carrera de historiadora. Podría trabajar como maestra de secundaria, ganar mejor y hacer un esfuerzo para mandarle algo de dinero a mi madre; y si no iba a Balsas a verla no era porque no la amara sino porque odiaba al pueblo y a su gente.

Un día recibí una carta de Tomasa que me alarmó.

"Balsas, a 8 de junio de 1975

Querida Marina:

Te cuento que mamá está mala, la edad y las desgracias que ha vivido ahora le están cayendo encima. Ya hace más de un mes que le empezaron a fallar los ojos. La llevamos a Chilpancingo para ver si le daban lentes, pero el doctor nos dijo que el problema no era de la vista en sí, sino del cerebro. Nos dijeron que había que hacerle estudios y exámenes y logramos ingresarla en el Hospital General de Iguala. Después de muchas vueltas ya por fin nos dijeron que mamá tiene un tumor en el cerebro, que no puede operarse y que le quedaban dos meses de vida. Yo no lo creí, pensé que lo que tenía era el resultado de todo lo que ha vivido y que si le pedíamos a la virgen, se salvaría.

Por desgracia su mal sigue empeorando. Además de que casi no ve, ahora ya tampoco puede caminar. Como ya sabes, pocos quedamos en el pueblo, pero entre Rita y yo ahí vamos tirando y hacemos todo pa cuidarla.

Yo, entre atender la tienda y la casa, se me va el día, ya ni tiempo tengo para ir a misa. La que más se afana con mamá es Rita, ya sabes lo buena que es. Le da de comer en la boca como si fuera un bebé y la mantiene limpia en su cama porque como te digo antes, ya no puede caminar. Como ya no se puede levantar al baño, Rita hizo unos pañales de tela grandes y se los cambia y los lava sin el menor asco ni nada. Ella dice que si mamá lo hizo con ella cuando era chiquita ahora le corresponde cuidar igual a mamá. ¡Rita es una verdadera santa! También le cuenta historias para que se duerma; aunque ella ya tampoco escucha bien, se queda con sus ojitos cerrados y una sonrisa de placer en su boca. Yo trato de ayudarle, pero apenas tengo tiempo. Es Rita la que se ha entregado en cuerpo y alma a cuidar a mamá. ¡Dios y la virgen se lo compensarán!

Carmen y su marido, que ya no sé si te conté, no llegaron a pasar al otro lado sino que se quedaron *a vivir en Tampico. Ya están aquí y a Juanito ya le avisé, así que no tardará en venir.*

Muchas gracias por el dinero que mandas, aquí hace mucha falta la ayuda. Bueno, todo es para decirte que no sabemos cuánto más nos va a durar mamá y te digo que no seas ingrata, que ya sé que no has querido regresar, pero que si te quieres despedir de tu madre es el momento de que vengas, no sea que después te arrepientas.

Rezo por ti todos los días. Tomasa."

Me di cuenta de que no me iba a quedar de otra que regresar a Balsas, no tenía ningún pretexto para no hacerlo y sí una muy buena razón. Le llamé a Juan para ver si podíamos irnos juntos, pero donde vivía me dijeron que trató de llamarme, pero no me encontró y que se había ido al pueblo el día anterior. Llené una mochila con algo de ropa, retiré un poco de dinero de mi cuenta del banco y me fui a la central de autobuses.

Al llegar a Balsas me encontré con un pueblo fantasma habitado por desconocidos; gente tostada por el sol que hablaba con monosílabos y con la boca semicerrada, niños llenos de piojos, miradas desconfiadas y una pobreza aterradora. No podía creer que pasé mi niñez en ese pueblo extraviado. La época de progreso por la siembra de mariguana fue aplastada por el Ejército, que sólo regresaba para quemar nuevos campos sin la menor intención de ayudar a sus pobladores a levantarse de la desgracia. Juan había llegado el día anterior y alcanzó a ver con vida a nuestra madre. De los demás, únicamente reconocí a mis hermanas y al cadáver de mi madre. Cuando vi a

Rita, me asombré: la vi tan delgada y avejentada...
Vestía de negro, con una blusa de algodón y una falda
amplia que le llegaba abajo de las rodillas, un rebozo
gris le envolvía el torso, tenía el pelo recogido en un
chongo en la nuca y llevaba huaraches en sus pies
desnudos. Yo vestía unos pantalones vaqueros, una
blusa camisera de cuadritos morados, un suéter
delgado echado sobre los hombros; además tenía el
pelo corto con un sombrero de tela encima y calzaba
zapatos tenis. A pesar de todas las diferencias, mi
gemela era mi reflejo y, como siempre, cuando la vi
de frente, me vi a mí misma. Igual le ha de haber
pasado a ella porque abrió los ojos también
asombrada. Pasaron diez años desde la última vez que
nos vimos y sin embargo sentía que apenas hubiera
sido ayer. No hablamos, nos quedamos en silencio
durante varios minutos. Por fin yo la abracé, pero ella
se quedó en la misma posición en la que estaba, sin
hacer el menor intento de devolverme algún afecto, y
volteó la mirada hacia el cadáver de mamá que estaba
tendido en una cama en el cuarto.

Sentí mucho no llegar para ver a mi madre
viva y decidí que por lo menos la iba a acompañar
hasta su tumba. Durante los días del velorio, Rita no
me dirigió una sola palabra, pero sí muchas miradas
sesgadas que yo captaba. Algo había cambiado en sus
ojos, ya no tenían esa alegría de antaño, a mí me
pareció que me veía con rencor, y a lo mejor tenía
razón en albergar ese sentimiento. Ella fue la que
estuvo al cuidado de nuestra madre mientras yo hacía
mi vida muy lejos de ahí.

No fue solamente Rita la que me echaba esas
miradas de lado, toda la gente que llegaba al velorio lo

hacía, me señalaban y murmuraban. Me acordé del pasado, de cuando me sentía marcada.

Me encontraba totalmente fuera de lugar y en un momento dado preferí sentarme al lado del cuerpo de mi madre. La vi tan chiquita y encogida que no reconocí en ella la fuerza y bravura con la que vivió y superó sus desgracias. No quedaba nada de la mujer recia y curtida; había sido vencida al fin por la enfermedad y el destino que nos espera a todos.

Le acaricié la cabeza y le hablé en silencio.

—Espero que haya podido comprender mis motivos para dejarla. Yo le aseguro, madre, que entiendo las razones que tuvo para actuar conmigo como lo hizo. Pienso que cuando me fui de aquí, usted no esperaba menos de mí, que en el fondo estuvo orgullosa. Si en un momento pensé que había heredado los genes paternos, ahora me doy cuenta de que fui, soy y seré por siempre la orgullosa hija de Facunda Román, porque no es la terquedad sino la fuerza, el arma con la que uno se impone al infortunio... Encuentre la paz, madre, la que nunca pudo disfrutar en vida. Le deseo que vaya junto a sus ancestros de luz y sabiduría; marche tranquila porque le perdono todo lo que con su "buena fe" causó mi "primera desgracia".

Le di un beso en su helada frente y me alejé. En ese momento vi que Rita salió al patio y decidí encararla:

—Rita, quiero hablar contigo.

—No sé de qué podríamos hablar tú y yo.

—Pues, de tus sentimientos, de lo que piensas... de nuestras vidas, no sé.

—¿Y a ti que más te da? ¿Cuándo te importé o

te importó mi madre? Mira nada más, la "señoritinga" rebajándose a venir al pueblo donde nació. Tú eres buena de ambiciosa y egoísta. Nos dejaste solas, ¿y ahora te vienes a preocupar por mí? ¡Vaya pues!

Tenía un coraje y un resentimiento en la voz que no pude más que pensar que tenía mucha razón para ello. Era cierto que las había abandonado.

—Rita... hermana... yo quiero explicarte por qué me fui. Mi vida aquí era insoportable, nadie me quería... todos me culpaban sin razón, ¿qué futuro me esperaba? Además, sí, confieso que tuve y sigo teniendo otras ambiciones, esta vida no era para mí.

—¿Y para mí sí? Dios se ensaña con la gente buena, ni siquiera me ha dado la dicha de ser madre, pero seguramente a ti eso no te importa.

A pesar de que hacía calor, su mirada de hielo me causó un escalofrío. Algo había cambiado en ella, algo muy profundo, o a lo mejor siempre fue así y yo no lo percibí… No… era como si otra persona, fría y calculadora, estuviera adentro de ella y hubiera sustituido a la dulce y bondadosa Rita.

—Además no es que sea de tu incumbencia, pero estoy otra vez de "encargo" y estoy segura de que ahora sí lo lograré y que Victoriano dejará la bebida y que seremos felices, ¡muy felices!

—Rita, en la Ciudad de México hay muy buenos médicos, si quieres yo te acompaño, te puedo recomendar alguno, puedes llegar a mi casa si quieres.

Me volvió a echar una de sus miradas congelantes antes de contestarme.

—No, Marina, muchas gracias, ya estoy viendo a un doctor en Chilpancingo. Tú regrésate a tu vida maravillosa y olvídate de mí.

Me di cuenta de que su orgullo no le iba a permitir aceptar mi ayuda, era inútil seguir esa conversación.

En el momento de regresar a la casa vi a Juan recargado en la puerta mirándonos. Supuse que había escuchado todo. Me echó un brazo por los hombros y entramos a la casa.

Una vez que mi madre fue enterrada y pasó la semana de pulque, rezos y lamentos, una noche, mientras dormía en un catre infestado de chinches, empecé a sentir una terrible ansiedad por regresar a mi propia vida y nuevamente dejar atrás a Balsas y a sus muertos. Yo no pertenecía a este pueblo desgraciado. Me fui como la primera vez, sin voltear atrás y con la ilusión de olvidar el pasado.

CAPÍTULO
TRECE

Al regresar a México me fui a inscribir a la Escuela Nacional de Antropología e Historia para hacer una maestría en Arqueología. Me di cuenta de que concluía una etapa de mi vida y que empezaba otra. Me apasionaba estudiar acerca de los antiguos mexicanos.

Una vez más, el tiempo voló casi sin darme cuenta, sumergida en un mundo de dioses antiguos, ofrendas de copal y sangre, *tlatoanis* legendarios y tumbas oscuras. Podía estar metida de cabeza en agujeros sin miedo de los bichos y alimañas ponzoñosas gracias a la condición de mi sangre. En una ocasión fui con un grupo a Palenque a una práctica de campo. Durante la exploración me alejé un poco de mis compañeros y de pronto me salió al paso una nauyaca. Ya había escuchado las historias de los arqueólogos sobre esta serpiente venenosa; decían que ella no huye al paso del hombre, como otras especies, sino que lo persigue y que súbitamente lo sorprende irguiéndose, como si se pusiera de pie. Pensé que todo eso era una leyenda, pero cuando la vi frente a frente me quedé helada, no me atrevía a gritar y menos a moverme. Aunque mi cerebro me decía que yo era inmune a cualquier animal venenoso, la verdad era que nunca lo pude comprobar a ciencia cierta y que a lo mejor sólo fueron cuentos de mi madre. En lo que cavilaba qué debería hacer, la nauyaca me atacó y me mordió en la cadera. Sentí un dolor intenso e insoportable y me puse a gritar pidiendo auxilio. Dos compañeros que estaban cerca corrieron hacia mí muy alarmados. Cuando llegaron al lugar los vi que tenían la boca abierta y que no cabían en su asombro. La nauyaca estaba muerta prendida de mi cadera.

Regresamos al campamento con la serpiente todavía colgada de mí. Allí el profesor abrió sus fauces con un palo, me la quitó de encima y le ordenó a un chofer que me llevaran de inmediato al hospital, aunque yo estaba segura de que el animal había muerto antes de inocular su veneno. Un compañero metió el cadáver de la nauyaca en una bolsa y me acompañó. Ya en el hospital, examinaron mi herida y a la serpiente. La nauyaca no llegó a expulsar el veneno... no tuvo tiempo. De todos modos, los médicos insistieron en darme un antídoto y después de tenerme en observación algunas horas, regresé al campamento por la tarde, fresca y completamente sana.

Todos estaban muy sorprendidos; y, como suele suceder en esas conversaciones, alguien contó que conocía un caso igual al mío y luego otro platicó que a su tía no le hacían roncha las arañas… y así por el estilo cada cual compartió algo. Yo, de lo que sí estuve segura por primera vez en mi vida fue que era verdad lo que me dijo mi madre: ¡que yo nací invulnerable a las alimañas! Supe que justo escogí la carrera ideal para mí.

La antigua Marina, tímida, callada y temerosa había desaparecido; ahora me sentía segura de mí y hasta sociable. Varios muchachos se me acercaron con pretensiones amorosas, pero en ese aspecto de mi vida no podía olvidar el amor de Armando ni tampoco tenía suficiente fuerza como para aventurarme en una nueva relación.

El viaje a Balsas me sirvió para cerrar un capítulo, la culpa y el miedo se habían atenuado notoriamente y estaba convencida de que el pasado estaba enterrado. Un día me sorprendí al recibir otra carta de mi hermana pues la frecuencia de aquellas se había espaciado cada vez más.

"Balsas, a 8 de marzo de 1976

Querida Marina:

Espero que te encuentres bien de salud. Me da mucho gusto saber que estás contenta con tus estudios, como me escribes en tu última carta. Te cuento que Rita por fin fue bendecida y parió a una niña hermosa y sana, por lo que está muy feliz. Echamos mucho de menos a mamá y me da mucha tristeza contarte que en el pueblo quedamos cada vez menos gente. La mayoría se está yendo a otros lugares a probar mejor fortuna y por desgracia yo también estoy decidida a irme a juntar con Maximino.

Me llevo a mis hijos, que además ya están en edad de trabajar. Chimino me dice que lo que sobra allá es el trabajo, así que también ellos y hasta yo pronto tendremos la oportunidad de llevar mejor vida. Petra y su marido también se van a ir pronto, pero no conmigo, ellos tienen unos conocidos en Brownsville, Texas, y se van a lanzar para allá. Ya ves que Petrita no pudo tener hijos, pero decididamente tampoco quieren pasar el resto de su vida con tantas privaciones como las que tenemos. Así que la familia se está separando como ves: Juan y tú en Ciudad de México, Carmen en Tampico, mamá en el cielo y Petra y yo resueltas a irnos de mojadas. La que se queda es Rita con Victoriano y su hijita, no sé por cuánto tiempo, me imagino que hasta que crezca un poquito la chamaquita, porque lo que sí te digo es que tarde o temprano este pueblo se va a ir al traste y va a quedar abandonado.

No sé cuándo te pueda volver a escribir, me imagino que una vez que ya esté allá con Chimino, si Dios quiere. Ya te mandaré la nueva dirección.

Recuerda que te quiero mucho y que siempre estás en mis oraciones. Tomasa".

Luego de leer la carta de mi hermana, me recosté para pensar, pero pronto me quedé dormida.

Estoy en un pueblo moribundo, me parece que es Balsas; no sé qué hago aquí ni a dónde voy; lo único que entiendo es que estoy rodeada por la aridez del paisaje y la soledad de sus calles; están vacías, no hay nadie; yo camino arrastrando los pies sobre el suelo polvoso; el calor y el sol me agobian, verdes moscas zumban en mis oídos y siento cómo el sudor me escurre por la cara; lo limpio con la mano, es un sudor pegajoso, negro y desagradable; un peso en el pecho me sume en la más profunda de las tristezas aunque ignoro la razón; me siento tan cansada que apenas puedo seguir mi camino, pero no quiero detenerme en medio de tanta soledad. Veo una casa con la puerta abierta, aprecio que adentro debe haber sombra por lo que me decido a entrar; está oscuro y huele a encierro, pero agradezco el alivio que me produce la oscuridad. Una vez que mis ojos se acostumbran, veo una figura al fondo de la habitación; es pequeña... menuda... es una niña como de dos años... nunca la he visto. Tiene una mirada de abandono; su pelo revuelto y sin peinar me hace pensar que no la han bañado en mucho tiempo; su carita es delgada, chiquita, y se muerde los labios nerviosa; hilos de moco le escurren por su pequeña nariz y su ropita está sucia y rota; no trae zapatos a pesar de que seguramente ya debe caminar. Me da mucha lástima, parece que quisiera llorar, pero está tan asustada que ni siquiera a eso se atreve. Encoge sus piernitas hacia el abdomen y se hace una bolita como si quisiera desaparecer de mi vista, mete su cabecita entre sus rodillas.

De pronto siento que mis pies están fríos, miro hacia el piso de tierra y me doy cuenta de que están mojados; veo que todo está inundado y no sólo eso, sino que el agua, que ignoro por dónde entró, sigue subiendo de nivel. Sin pensarlo, me acerco a la niña y la tomo en brazos, casi no pesa y además me toma con sus bracitos por mi cuello y rodea sus piernas a mi cintura; huele a meados y a suciedad. Lo único *que me importa en este momento es salvarla, huir con ella y escapar de la inundación. Busco la puerta por donde entré, pero ya no existe. Doy vueltas por la habitación, el agua sigue subiendo de nivel y no encuentro una salida. Me pesan los zapatos y la ropa mojada, chapaleo, saco las rodillas, el agua me está casi llegando a la cintura; la niña se aferra más a mí, me aprieta el cuello, me falta el aire, la criatura se estira hacia arriba, como si quisiera subir por mi cabeza, no encuentro cómo salir, el agua sigue subiendo. Me falta el aire y siento que me voy a desmayar; ahora la niña pesa, los brazos me tiemblan por el esfuerzo, resbalo, caigo en un lodazal, la pequeña no me suelta, me jala del pelo, me tira hacia atrás, no puedo respirar, me ahogo...*

Desperté y me senté de inmediato en la cama, me estaba ahogando, había dejado de respirar por un momento. Tomé una bocanada de aire y me levanté. Todavía no amanecía, prendí la lámpara de la mesita de noche y caminé al baño, me eché agua en la cara y me sequé el pelo. Estaba empapada, como si de verdad hubiera estado en ese cuarto inundado de mi sueño. Traté de convencerme de que nada más tuve una pesadilla, pero es que fue tan real... ¿Quién era esa niña?, ¿por qué se inundaba esa casa? Sin respuestas a mis preguntas, fui a la cocina y bebí un poco de agua, traté de regresar a dormir, pero me fue imposible, la imagen de la niña y del abandono estaban sembradas en mi mente.

Se me ocurrió buscar entre las cartas de Tomasa, estaba segura de que alguna vez me envió una fotografía de la hija de Rita. Por fin, después de abrir varias cartas la encontré... era ella, era la pequeña que estaba en mi sueño... pero ¿por qué nos inundábamos...? ¿y por qué estaba la niña abandonada? Me quedé con los porqués toda la noche, a lo mejor Juan sabía algo, tal vez podría llamarle al día siguiente, Tomasa no me había mandado su nueva dirección, me quedé con las dudas, pero como todos los sueños, lo fui olvidando al paso de los días y de mi profundo egoísmo.

CAPÍTULO
CATORCE

Un día que estaba en la cafetería de la escuela, mientras revisaba unas fichas para mi tesis, percibí a una persona que se quedó parada junto a mi mesa.

—Hola, Marina, ¡qué gusto encontrarte aquí!

Levanté la vista y me encontré con el profesor Braulio. Hacía varios años que no lo veía, estaba igualito. No sé si él notó mi turbación. Nunca me había dirigido la palabra fuera de clases. Es más, yo ignoraba que supiera mi nombre. Como una tonta balbuceé un «hola...».

Él tomó asiento sin pedir permiso y empezó a charlar como si fuéramos grandes amigos y apenas ayer nos hubiéramos dejado de ver. Se le daba fácil la palabra y sin que yo tuviera la necesidad de preguntar nada, me platicó acerca de su trabajo como investigador, que había conseguido una beca a París, me habló sobre la muerte de su madre y remató invitándome al cine... así nada más.

Yo apenas si asentía con la cabeza y abría la boca sólo para decir sandeces como: «¡Ah!», «¿A poco?», «¡Qué padre!», «¡Oh... qué pena!».

Estaba guapísimo y cuando me invitó al cine se me salió un «¡Sí!» que después me dio vergüenza por lo obvia que me vi.

Dejé de decirle "profesor" esa misma tarde, después del cine me invitó a cenar y durante la sobremesa me quedé sorprendida al escuchar su manera tan directa de hablarme.

—Siempre me gustaste, Marina, desde que eras mi alumna en la facultad, en ese momento habría sido poco ético para mí tener relaciones con una pupila. Además, te llevo muchos años y no se me hacía justo acercarme a alguien tan joven. Ahora veo que ya eres toda una mujer y el destino hace que nos volvamos a encontrar. Como ya te conté, soy viudo y mi madre murió hace poco desgraciadamente... Marina, ¿te atreverías... te arriesgarías... a intentar quererme?

La verdad no tenía mucho qué pensar, Braulio siempre me había gustado y si bien no esperaba sentir la pasión que tuve con Armando, ¿cuál sería la razón para no darme la oportunidad de encontrar nuevamente el amor? Ninguna. Ya tenía los veinticinco años cumplidos. En el pueblo ya estaría yo casada con seis hijos por lo menos o estaría considerada una más para dedicarme a vestir santos.

Nuestra relación, ahora lo veo, se basó más en el intelecto que en la pasión, teníamos muchos gustos en común y podíamos conversar durante horas sin cansarnos. Braulio heredó dinero de su madre y además tenía una brillante carrera. A los pocos meses de salir juntos me pidió que me casara con él. Le habían ofrecido hacer una investigación en París y quería que lo acompañara. Me entusiasmó muchísimo la idea de viajar y yo amaba a Braulio, así que acepté feliz.

Fue la mejor época de mi vida, ya tenía terminada mi maestría y me dediqué a pasear y a disfrutar. Ni en mis sueños más locos me imaginé que podría llegar a ser tan afortunada.

Al regresar a México nos instalamos de momento en el pequeño departamento que poseía cerca de la universidad. Un domingo me llevó a conocer la casa que fue de su madre. Durante el trayecto, Braulio me contó que era su herencia y que tenía sentimientos encontrados respecto a venderla y comprar un departamento en la Colonia Polanco (muy de moda en esa época) o bien que la habitáramos. Me pidió que la recorriera y pensara si me gustaría vivir en ella.

La casa tenía tres pisos, era de estilo porfiriano y estaba en la calle de Tabasco en la Colonia Roma. Tres puertas daban a la calle: dos grandes y una más pequeña en el centro.

Entramos por esta última. Al frente había una escalera recta de madera y lo primero que vi fue un hermoso vitral al fondo que representaba una garza bañándose en un río. A la izquierda tenía una pequeña puerta que daba a la cochera y a la derecha otra puerta que daba a una enorme habitación. En seguida imaginé una biblioteca y un lugar para leer y escribir con dos escritorios y unos sillones estilo reposet. Tenía un ventanal que daba a un jardín que estaba al fondo de la casa. Regresamos y subimos la escalera, al llegar al descanso con el vitral doblamos a la izquierda y continuamos hasta llegar a una pequeña y acogedora salita. Pensé lo bien que se verían ahí unos de esos sillones de mimbre austriacos y una mesa de centro redonda que siempre estaría adornada con flores frescas. Las dos grandes habitaciones en ese segundo piso eran la sala y el comedor. Cada una tenía un maravilloso ventanal que daba a la calle. Del comedor salimos hacia un cuarto con una gran alacena y de ahí a una amplia cocina. Regresamos a la salita, la escalera continuaba hacia un tercer piso en donde había una antesala y dos recámaras, que estaban comunicadas entre sí por un enorme vestidor, cada una tenía un maravilloso balcón de piedra y ambos daban a la calle de Tabasco. En la parte de atrás de la casa estaba el jardín y también el área de servicio con dos habitaciones adicionales.

A mí me fascinó la casona desde que la vi. Todavía tenía algunos muebles y cuadros, unos pocos utensilios de la cocina y seguramente algunas cosas que irían a parar a la basura. Por supuesto habría también que hacer algunas reparaciones y darle una mano de pintura.

Yo no tenía ninguna duda, recorrí las habitaciones sintiéndome una princesa europea de una novela rosa, admirando las ventanas biseladas, los altos techos labrados, el piso de madera y los grandes espacios.

—Esta belleza nunca la vamos a encontrar en un departamento de los que hacen ahora, Braulio —le dije a la vez que admiraba los barandales de piedra del balcón de una de las recámaras mientras imaginaba que ya era mía.

La decisión, por supuesto, era de él, pero yo no podía evitar poner cara de felicidad. Braulio me levantó en sus brazos:

—Mi ángel, si te hace feliz vivir aquí, a mí también. Vamos, hoy mismo consigo un maestro de obras para hacer los arreglos necesarios. Escoge si te gusta algún mueble o cualquier cosa que te quieras quedar y lo demás lo regalaremos. Tienes toda la razón, esta casa es una belleza y no habrá nada que podamos encontrar más encantador.

Así fue como nos fuimos a vivir a la casa de la calle de Tabasco, en ese momento no imaginaba las tragedias que se iban a vivir en ella.

A pesar de que nada me faltaba con Braulio y que llevábamos una maravillosa vida, no podía dejar de pensar en mi gemela. A menudo se aparecía en mis sueños. A veces, cuando me arreglaba frente al espejo, la veía... más vieja que yo... más acabada. Llegué a obsesionarme por saber algo de su vida. Le había escrito varias cartas a Tomasa preguntándole por Rita, pero lo único que me contó fue que en Balsas iban a hacer una presa y que todo el pueblo se estaba yendo, así que era casi imposible averiguar nada acerca del paradero de Rita. Supuse que ella y su familia se habrían ido con alguna de las otras hermanas.

A Juan le tenía perdido el rastro desde hacía tiempo, lo último que supe, por un amigo mutuo, fue que partió para irse a estudiar computación a Estados Unidos y que se enamoró perdidamente de una norteamericana.

La verdad yo no entendía cuál era mi apego con mi hermana, dicen que es la sangre, en el pasado nunca había dado importancia al asunto, pero después, cuando mi vida se apaciguó, fue que me empezó a intrigar dónde y cómo estaría mi gemela.

Ese verano Braulio me invitó a tomar unas vacaciones en Acapulco. Nos hospedamos en un hotel cinco estrellas en la costera. A mí nunca me ha gustado el calor porque me recuerda a Balsas, pero me encanta ver el mar. Pasamos unos días de esos que no haces nada en realidad, pero que terminas cansado y duermes diez horas seguidas. Por las noches nos gustaba cenar en algún restaurante frente a la playa, no sin antes tomarnos una copa en algún bar.

Íbamos de regreso al hotel, caminando despreocupados y un poco borrachos cuando me la encontré. De pronto la vi frente a frente y pegué un grito sin quererlo. Por un instante nos miramos asombradas. Yo llevaba un vestido blanco de encaje y sandalias, ella vestía unos pantalones cortos y una camiseta sin mangas, llevaba maquillaje y el pelo suelto hasta la cintura. Me quedé sorprendida de ver a Rita con esa nueva imagen. No nos habíamos visto desde la muerte de nuestra madre.

—Hola, hermanita —dijo mientras miraba a Braulio de pies a cabeza. A lo lejos se oía *Stayin Alive*, la canción de moda cantada por los Bee Gees.

—Mira, Braulio —dije con voz insegura —, es mi hermana Rita. Yo le había contado a Braulio todo respecto a mi niñez y mi adolescencia, y él no tenía que ser brujo para adivinar que Rita era mi hermana gemela.

—Qué casualidad —dijo Braulio—. ¿Quieres tomar una copa con nosotros, Rita?

No me imagino porqué Braulio hizo tal invitación, tal vez por amabilidad o porque pensó que a mí me gustaría por fin saber algo sobre mi hermana. Me arrepentí el resto de mi vida de no haber buscado una salida para volver al hotel y dejar a Rita parada en la avenida.

Entramos en un bar que permanecía abierto y tomamos una mesa. Braulio nos dejó un momento para ir a la barra a pedir algo de beber.

—¡Vaya!, finalmente te encontraste un buen partido, hermana. ¿Cómo le hiciste?, dame la receta, ha de tener su buena lana, ¿no? Se ve que el hombre es bueno de ricachón y seguramente de la "alta". No puedo creer que alguien tan poca cosa como tú haya logrado casarse con un hombre así.

No contesté a su pregunta, por supuesto, su manera de hablar me pareció vulgar y chocante.

Braulio regresó con las bebidas y se sentó con nosotras. Inmediatamente me di cuenta de que la actitud de Rita cambiaba, como si fuera un camaleón, transformó su mirada retadora por una dulce como la miel y su sonrisa sarcástica por una plácida y pícara. En ese momento me pareció ver la cara de la Mona Lisa, incluso su voz y su modo de hablar se modificaron cuando dijo:

—Muchas gracias, Braulio, te agradezco que me trates con tanta amabilidad. Supongo que te preguntas, Marina, por qué estoy aquí en Acapulco, ¿verdad? —dijo dirigiéndose a mí—. Si supieras, hermana, cuánto he sufrido...

Y sin que nadie le preguntara la causa de su sufrimiento, ella se siguió de corrido:

—Mi marido se ahogó en el río Balsas, como nuestro padre... la diferencia fue que Victoriano hizo una apuesta con unos amigos de que era capaz de

cruzarlo a nado y como estaba tan bebido, pues...
nunca llegó al otro lado. Mi niña se murió... ¿supiste,
Marina?... tenía dos añitos... se llamaba Rosita.

En ese momento vino a mi mente el sueño de
la niña y la inundación.

—No hay dolor que se asemeje a la pérdida de
un hijo, verlo enfermo... agonizar... día y noche
durante días sin poder hacer nada. Yo le ofrecí mi
vida a Dios a cambio de la suya, pero no quiso
escucharme. Cuando su almita la dejó, sólo quedó una
muñeca vacía, su piel parecía de cera. La cargué en
mis brazos y la cobijé porque estaba muy fría, le canté
y la arrullé para que se fuera oyendo mi voz. Después
quise matarme, ¿sabes? Sentía que mi vida ya no tenía
sentido, que ya nada me ataba a este mundo.
Victoriano se dedicó a tomar, como si el pulque fuera
su Dios, día y noche se entregó en cuerpo y alma a ese
único consuelo que le quedaba.

Guardó silencio por unos minutos. Me sentía
muy conmovida y al ver tanta tristeza en sus ojos
dulces, se me hizo un nudo en la garganta.

—A mí me dieron tés y hierbas para
mantenerme dormida, pero al despertar volvía el
llanto... y me dormían, y al despertar volvía el llanto...
y me dormían... y así muchos días hasta que se me
secaron las lágrimas y un día desperté y ya no pude
llorar. Me puse a trabajar y a tratar de seguir con la
vida, pero estaba ¿sabes? como vacía, como seca, y
hacía todos mis quehaceres como si estuviera dormida
y nada me consolaba, hasta que un día, mientras
picaba una cebolla, se me volvieron a salir las
lágrimas y nada más me quedé viendo el cuchillo y
luego mis muñecas y que me corto las venas, pero en

ese momento llegó la vecina y me llevaron a la clínica de Mezcala y me salvaron. Después de unos meses Victoriano regresó a la casa y nos abrazamos y él lloró, pero yo ya no pude. Hicimos el amor y quedé otra vez de niño. ¿Pero sabes qué, Marina? Yo ya sabía que no se me iba a hacer tener otro hijo porque ya se me había gastado todo el amor que tenía y porque el dolor se quedó adentro de mí, por eso mi cuerpo echó fuera a la criatura, hasta que Victoriano se dio por vencido y se largó otra vez con su Dios-pulque… ¿Ustedes tienen hijos?

—No —le respondí.

—Entonces entiendo que ustedes no puedan comprender mi dolor. Me hubiera gustado ser como tú, Marina; que, aunque nunca conociste la felicidad de ser madre, tampoco vas a conocer el sufrimiento de perder un hijo.

Yo quise decirle que todavía no era el momento para mí, que apenas tenía treinta años y que el ginecólogo nos había asegurado que teníamos todas las posibilidades de ser padres, pero no quise entrar en frivolidades ni discutir con Rita, porque entendía que para ella la edad de la procreación era otra que la mía.

—Después de que nuestra madre murió, toda la familia empezó a irse, casi todos al norte para ver si tuvieran la suerte de pasar al otro lado a trabajar y tener una vida decente allá. Petra me ofreció que me fuera con ellos, pero yo no quise. Me quedé sola. Pero ya no había nada que hacer en ese pueblo desamparado y dejado de la mano de Dios. Balsas ha desaparecido del mundo, ¿lo sabías? Ahora están haciendo una presa. Yo le vendí la casa al Gobierno y con ese dinero me fui a Chilpancingo, a querer poner un negocito o algo, pero no tuve suerte. Ahí me encontré a una amiga, ¿te acuerdas de Celia? Sí, la conocimos desde chicas, pues me recibió en su casa con los brazos abiertos. Viví con ella varios años. Luego, como no sé hacer nada, yo no tuve tu suerte, Marina, no tuve la oportunidad de estudiar y volverme una señora como tú, yo tuve que aprender a trabajar: primero con mi mamá y luego en el campo con Victoriano... a mí se me dio dura la vida...

Me dieron ganas de interrumpirla y contarle lo difícil que había sido la vida para mí; del repudio de la gente del pueblo; del infierno que pasé junto a Tiburcio; de la soledad en la que viví tanto tiempo; de los años de cansancio que pasé trabajando para poder estudiar; de la tragedia que sufrí con la muerte de Armando y tantas cosas más; pero no se me antojaba hablar con Rita, se hacía tarde y la verdad me estaba amargando tener ese encuentro. Braulio la escuchaba muy serio mientras le daba pequeños sorbos a su bebida.

—Pues no me quedó otra que trabajar de sirvienta, me di cuenta de que era lo único que sabía hacer. Pero me cansé de limpiar las porquerías de otra gente y de cuidar escuincles ajenos y por suerte me encontré con Fernando, que me quiere y me ha dado mejor vida. Me trajo a vivir a Acapulco. Por cierto, me tengo que ir porque me espera en la casa. Otro día se los presento con mucho gusto. Dame tu teléfono, Marina, ¿todavía vives en la Ciudad de México?

Y mientras se despedía, Braulio anotó nuestros datos en una servilleta y se la dio a Rita, que se levantó y se fue. La vi esfumarse entre la gente igual que como apareció, así, de pronto.

Braulio pagó la cuenta y salimos del bar, yo estaba todavía atarantada, no sé si por las copas que había tomado o por la sorpresa de encontrar a Rita y escuchar su triste historia. Le pregunté a Braulio su opinión y si creía que podríamos hacer algo por mi hermana.

—No veo que podamos hacer absolutamente nada, Marina, Rita es una mujer adulta y esperemos que ese hombre del que habló la haga feliz. Si ella estuviera en un aprieto, me parece que ya habría recurrido a alguno de sus hermanos.

—Tal vez no lo ha hecho por orgullo...

—Qué impresión, es idéntica a ti, pero a la vez son totalmente diferentes.

—Sí, ya lo sé —le dije con un poco de amargura.

—No sé, no me convenció del todo su historia. Algo no encaja. Tampoco puedo juzgarla. Es la primera vez que la veo. Lo que sí me queda claro es que tú, Marina, eres única —dijo recalcando la última palabra.

En ese momento lo amé, me sorprendió tanto que me dijera eso, cogí su brazo y me le pegué como si fuera un gatito. Esa misma noche, estoy segura, engendramos a los mellizos.

CAPÍTULO QUINCE

Cuando el médico me dijo que iba a tener mellizos me dio pavor, dejé de comer y no podía dormir, me dominaba el pánico al pensar que se iba a repetir mi historia. Braulio me hizo entrar en razón y me aseguró que con nuestra educación y cultura no existía nada porqué temer, que eran situaciones totalmente distintas y que en todo caso existían los psicólogos. Me aterraba pensar que les pusieran etiquetas a nuestros hijos como pasó con Rita y conmigo.

Nunca entendí a las mujeres que dicen que el embarazo es la mejor época de una mujer. Para mí fue una de las peores de mi vida. Me la pasé angustiada desde que me dijeron que se escuchaban dos corazones, todo el día me daba por llorar, tenía pesadillas espantosas y despertaba asustada a media noche. Me volví pesimista, pensaba que iba a morir alguno de mis hijos o yo. Le dije al médico que quería que me hicieran cesárea porque me imaginaba a uno de mis bebés saliendo de patas y ahorcándose con el cordón umbilical. Tampoco quería comprar nada, ni cuna ni ropa, porque sentía que era de mala suerte y que si mis bebés no sobrevivían yo no soportaría ver sus cunas vacías.

Braulio trataba de calmarme y hasta me llevó de viaje a Veracruz para que descansara unos días. Ver el mar me dio paz, trataba de leer y distraer mi mente en otras cosas, pero siempre me llegaban las oleadas de pesimismo y malos presagios, exactamente como iban y venían las olas del mar en la playa del Hotel Mocambo.

La señorita Adela, con quien entonces retomé la amistad, me trataba de animar diciéndome que todo eso pasaría al llegar los últimos meses de embarazo, pero mientras más se acercaba la fecha del parto más aterrada estaba. Algunas compañeras del curso psicoprofiláctico hasta se espantaban cuando me oían renegar tanto de mi condición, como si estuviera diciendo un sacrilegio.

Por fin llegó el momento, el médico al verme tan angustiada decidió programar fecha y hora para inducir el parto y hacer la operación cesárea. La noche anterior no pude dormir del terror que tenía. Cuando me llevaban a la sala de operaciones, al despedirme de Braulio y ver su cara de preocupación me puse a llorar, estaba segura de que era la última vez que lo veía y me lo imaginé a él solito, cuidando dos criaturitas huérfanas de madre. Me inyectaron en la columna un anestésico para dormirme de la cintura para abajo y así tuviera la dicha de ver nacer a mis hijos. A mí la idea se me hizo horripilante y afortunadamente se me subió tanto la presión del susto que decidieron dormirme por completo a pesar del riesgo de que la anestesia pasara directamente a los bebés. Yo estaba inconsciente, pero oía las voces de los médicos y enfermeras, escuchaba lo que hablaban entre ellos y cuando alguien dijo: «¡Es un niño!», pensé que se habían equivocado, yo tenía dos niñas adentro una frente a otra y eran como un espejo una de la otra.

Cuando desperté ya en mi cama del hospital, lo primero que hice fue tocarme el abdomen. Ya no estaba nadie ahí, era de nuevo yo sola, al pasar la mano sentí que mi abdomen era cóncavo y se pegaba a mi espalda, desde luego que esto no era verdad, estaba llena de vendas y algodones y aún inflamada; de hecho, tardé mucho tiempo en volver a tener mi cuerpo normal otra vez.

Braulio estaba junto a mí, barbón y ojeroso, pero con una gran sonrisa en su cara.

—Están pequeños, pero son hermosos.

No me imaginé que pudieran ser chiquitos, yo los sentía enormes dentro de mí y me horrorizaba cuando estiraban un brazo o una pierna o cuando podía mirar varios chipotes moviéndose en mi panza. A pesar del dolor y la incomodidad, me empecé a sentir aliviada de haber terminado el asunto de traer hijos al mundo. Me dio gusto que nadie hubiera muerto y sobre todo me juré a mí misma nunca más verme en estas circunstancias de nuevo.

Al poco rato entró una enfermera con dos bultitos, Braulio enderezó la cama y me pusieron a los bebés en los brazos. En el momento que vi esas pequeñas caritas, una sensación de plenitud me envolvió. No podía creer que esas hermosuras las hubiera hecho yo misma y que fueran los mismos seres que ayer estaban dentro de mi cuerpo. Me sentí enamorada de esos niños como nunca había estado de nadie. Braulio tomó al niño (que por supuesto estaba arropado con una cobijita azul) y yo desenvolví lentamente a la niña. ¿Cómo era posible que esa maravilla saliera de mis propias entrañas? Esas manitas, esos deditos, esos piecitos. Luego cambiamos y miré al niño. No se parecían, él era más grande y más rollizo, tenía el pelo rojo; la niña era chiquita y no tenía pelo, ¡mi tesoro! Me quedé con la curiosidad de ver sus ojos porque los tenían completamente cerrados; pero unos días después, cuando pude mirarlos, me sentí aliviada al ver que si bien aún no tenían un color definido al menos los tenían iguales uno del otro.

Nunca imaginé poder sentir el amor al grado que me inspiraron mis hijos. Me hicieron feliz, pero al mismo tiempo me volví preocupona y sobreprotectora con ellos. Ocupaba todo mi tiempo en cuidarlos. Después de un año, Braulio me convenció (por el bien de todos) para que los inscribiera en una guardería y regresara al trabajo. Con el tiempo retomamos, si no una existencia igual a la que teníamos antes, algo parecido a nuestra vida social y profesional.

Un día llamé por teléfono a Yoko, me parecía raro que no hubiera venido a conocer a mis pequeños que ya tenían casi dos años. Desde que me había casado nos llegamos a ver muy pocas veces; primero, porque yo estuve viviendo en París y después por mis ocupaciones maternales. Él se quedó con el departamento de Amores y con Cuate porque le había agarrado mucho cariño y yo no fui capaz de dejarlo solo por partida doble. Me extrañó mucho su voz en el teléfono, era débil... como apagada. Sin dudarlo fui a verlo y cuando llegué a su casa me preocupó mucho su aspecto. Se le veía demacrado y de un color como ceniciento, además estaba más que pasado de copas y era apenas mediodía.

—¿Estás beodo, Yoko? ¿Otra vez con mal de amores? —le pregunté.

—Amigui... ya no sufro por el amor, te lo aseguro. Lo que sucede, hermana... es que he estado enfermo y... tenía tanto miedo de hacerme la prueba, pero pues… me decidí y sí... salió positivo... tengo sida...

Me quedé muda, no sabía qué decir ni cómo demostrarle mi afecto. Debo confesar que en el primer momento me dio miedo, en esos años nadie sabía en realidad qué era ni de dónde salió la enfermedad. Tampoco se conocía qué tan contagiosa era.

—¿Por qué viniste? No quiero que me veas así, ¡vete! Déjame solo, por favor. Tu obligación es con tu marido y tus hijos, hazle como la mayoría de mis amigos que se han alejado de mí… y con razón. ¡Yo haría lo mismo!

—¿Cómo crees que te voy a dejar solo? ¡Necesitas ayuda!

—Ya nadie puede hacer nada por mí, Marina. Mi familia se niega a aceptar que estoy enfermo y prefiere ignorarme, lo que era de esperarse. Pero, no te preocupes, tengo un amigo médico. ¿Te acuerdas de Josué?, pues él me está apoyando con los medicamentos y viene casi diario a verme, también Tere está al pendiente, mi compañera del *ballet*, ¿te acuerdas de ella?

Claro que me acordaba de Tere, una hermosa bailarina con ojos color miel. Le pedí a Yoko que me diera el número de teléfono de Tere, lo abracé y me fui con el corazón estrujado, no sin antes prometerle a mi amigo que regresaría, a pesar de sus protestas.

Cada vez que podía me daba tiempo para ir a verlo. Notaba cómo se deterioraba poco a poco, bebía mucho, me imagino que para fugarse de la realidad. Era obvio que no pensaba luchar y que dejaría que su vida se apagara sin remedio. Yo me mantenía al tanto gracias a Tere. Ella y una vecina caritativa del departamento de abajo le llevaban diariamente de comer (aunque casi no probaba bocado). Cuando podía iba a visitarlo, trataba de distraerlo haciendo bromas y contándole tonterías que se me ocurrían, pero era casi imposible animarlo. Continuamente tenía diarreas que lo iban secando y lo atacaron hongos y bacterias que le causaron infecciones en la piel y en los pulmones.

Llegó el momento en que Yoko ya no pudo caminar porque su debilidad era extrema. Josué, su amigo médico, me dijo entonces que gracias a una "palanca" que tenía, haría lo posible por internarlo en el Instituto Nacional de Nutrición, ya que en casa no podía tener los cuidados necesarios. Hice varios intentos de comunicarme con Rob. Entre los papeles de Yoko encontré una dirección y un teléfono, pero nadie me contestó. Le escribí varias cartas pidiéndole ayuda moral y económica, pero no respondió a ninguna de ellas.

Fue un verdadero martirio para Yoko y para nosotros sus amigos. Necesitábamos un pase para entrar a verlo y sólo a ciertas horas y una sola persona. Lo tenían en una camilla en un helado pasillo, como apestado, como si fuera un leproso, y por más que lo pedimos se negaron a ponerlo en un cuarto con otros enfermos. Nos peleábamos con el policía que no nos permitía entrar cuando podíamos ir, con las trabajadoras sociales y con todo el mundo porque no le daban la atención necesaria, hasta que comprendimos que nadie estaba dispuesto a ayudarlo y que lo único que hacían era esperar su muerte.

Y en efecto, a las pocas semanas lo atacó una neumonía atípica contra la que su organismo ya no pudo luchar. Entre todos nos cooperamos para hacerle un velorio e incinerarlo.

Rob nunca apareció ni se comunicó. Así terminaron los sueños de mi amigo de ser una estrella internacional de la danza.

CAPÍTULO DIECISÉIS

Una tarde sonó el timbre de la calle, yo le había dado la tarde libre a la mujer que me ayudaba en la casa, los niños hacían su siesta y bajé a abrir la puerta. Me quedé azorada e inmóvil durante varios segundos... era mi hermana Rita parada frente a mí.

—Hola, Marina, ¿no me invitas a pasar? O nos vamos a quedar aquí paradas toda la tarde.

—No, por supuesto... pasa.

No la veía desde aquella vez en Acapulco. Vestía con buen gusto, llevaba una falda amplia que combinaba con un saco *beige* con hombreras y una pañoleta de seda muy bien puesta en el cuello. Tenía el pelo cortado a la moda y su maquillaje era discreto. Nos sentamos en el recibidor y le ofrecí algo de tomar.

—Agua nada más, gracias.

Ella hizo uno de sus típicos gestos moviendo la cabeza de lado y entrecerrando los ojos. Cuando regresé con el vaso con agua se había levantado y admiraba un cuadro. Era una pintura colonial de una monja coronada que conseguimos en el Mercado de la Lagunilla.

—¡Hermoso! ¿Sabes que he pensado en entrar a un convento? —Se volvió a sentar en un sillón y me sonrió—. Primero debo decirte que me encanta tu casa, ¿me la puedes enseñar toda antes de que me vaya? ¡Ah! También déjame que te felicite por tus niños. Me enteré por Carmen que tuviste unos cuatitos. Vine a verte porque quiero acercarme a ti, eres más que mi hermana y me duele que estemos separadas. Yo necesito tu cariño y si alguna vez fui grosera contigo, te ruego que me perdones y entiendas que mi amargura tuvo razón de ser.

Y mientras hablaba, abrió una bolsa con el sello de un almacén de lujo y sacó dos paquetes envueltos para regalo que puso sobre la mesa de centro.

—Espero que les queden, pero si no, me avisas y los cambio. Te has de estar preguntando por qué estoy aquí. Por desgracia, terminé con Fernando. Me di cuenta de que esa relación me ayudó en un momento dado, pero yo en realidad nunca estuve realmente enamorada... sé que me sirvió para salir a flote después de las desgracias que viví, pero no me pareció justo seguir a su lado sin amarlo, lo único que iba a lograr era hacerle daño, entonces decidí romper con él y dejar Acapulco atrás. Me fui con Carmen a Tampico, allá tiene un negocio con su marido, un restaurante de jaibas. Son tan buenas personas que me aceptaron y ayudaron sin reservas. Trabajé con ellos varios meses, les va muy bien, si vieras.

No comprendía qué o cuáles eran sus pretensiones al aparecer así de pronto sin avisar ni nada. Pero una cosa sí me quedó clara, esa amargura que tenía aquella vez en Balsas había desaparecido, se la veía contenta y entusiasmada.

—Y ¿dónde te estás quedando?

—Con una amiga... no la conoces. Hemos vivido tanto tiempo lejos la una de la otra que seguramente ya no conocemos a ninguna de nuestras amistades.

—Y ¿de qué vives ahora? ¿Tienes ahorros?

—Para nunca haberte importado lo que hacía, cómo que haces muchas preguntas, ¿no crees? —dijo en tono de broma.

Ahora que lo veo de lejos, es obvio que yo de alguna manera me sentía responsable. Me daba culpa el haber obtenido lo que deseé, de haber logrado lo que me proponía, y era como si tuviera enfrente otra parte mía totalmente fracasada. Sin ninguno de sus sueños cumplidos; con su hija y su esposo muertos; obligada por las circunstancias a andar errante, y de pronto una intensa pena por mi hermana me embargó.

—¿A poco me ofrecerías un lugar en tu casa para quedarme? Bueno, mira, esta amiga me ofrece trabajar como dependienta en una tienda de ropa, su marido es dueño de una cadena de esas *boutiques*. No sería una carga para ustedes, te lo juro, incluso podría ayudarte con tus bebés. Me gustaría tanto estar cerca de ti, como cuando éramos niñas...

Al decirlo me miraba con esos ojos dulces que recordaba de nuestra infancia. Me sentí conmovida.

—Bueno, sí tenemos una recámara para visitas en la parte de abajo, incluso la rentamos en alguna ocasión a un alumno que vino de provincia, pero tendría que consultarlo con Braulio, entenderás que él tiene que estar de acuerdo.

—¡Pero por supuesto! —dijo entusiasmada—. ¡Les pago renta!, no faltaba más. ¿Me enseñas a tus niños?, muero de ganas por conocerlos. Y muéstrame la casa, me parece encantadora, qué bien arreglada la tienes.

Después que se fue sentí una paz interior y un verdadero deseo de recuperar mi pasado. Se me presentaba la oportunidad de algún modo de volver atrás. Su etapa de amargura había pasado y yo creía firmemente en que las personas podemos darnos una segunda oportunidad, si hasta yo misma también pasé por cosas terribles que logré superar.

A Braulio no le pareció mala mi idea y de todos modos la realidad era que la mayoría de las veces permitía que yo tomara las decisiones importantes. Así que Rita llegó a los dos días con una maleta y se instaló en la recámara de huéspedes.

Al principio me sentí muy contenta. Rita se portaba encantadora con todos. Los niños la adoraban. Por su propia iniciativa cocinaba y ayudaba en las tareas de la casa. Se volvió parte de la familia. Me di cuenta de que era el momento de seguir adelante, mis niños ya estaban por cumplir tres años y Braulio me insistía que ya era momento de que le dedicara más tiempo a mi profesión. Tampoco quería yo algo que me alejara demasiadas horas de mi hogar, así que apliqué para una plaza de investigadora en la universidad, con tan buena suerte que me la dieron.

Entre mi nuevo puesto, la casa y mis hijos pasé atareada varios meses. Yo no veía que Rita buscara trabajo, decía que lo de la tienda de su amiga no se había concretado, que eran muchas horas por un sueldo miserable, que mejor iba a vender productos de belleza con conocidas, las mías por supuesto porque no creía que Rita hubiera hecho amistades tan rápido en la ciudad. En realidad no me importaba que no encontrara chamba porque atendía muy bien a mis hijos y era muy hacendosa y buena cocinera.

Una tarde vino a tomar café una compañera de la universidad y le presenté a mi hermana. Rita, muy amable, nos ofreció galletas que ella misma preparó y después le estuvo mostrando sus productos de belleza. Al día siguiente, en la universidad, mi amiga me hizo notar el tremendo parecido que tenía con mi hermana, no sólo físico sino en la manera de ser. Me preguntó por qué nos vestíamos parecido y teníamos el mismo corte de cabello, incluso me dijo que era increíble que tuviéramos el mismo tono de voz. Sus palabras me hicieron meditar acerca de cuánto cambió Rita en los últimos meses. Era verdad que yo la llevé con mi peluquero y que a partir de entonces ella ya no se veía tan, como decirlo, tan acabada como la vi en Balsas cuando murió nuestra madre. Esa vez me dio la impresión de ser un fantasma y las pocas palabras que me dirigió proyectaban una amargura que hasta dolía. Desde que se mudó conmigo en verdad que se le empezó a ver relajada y contenta.

Un mes después vino a visitarnos la hermana de Braulio, que vivía fuera de México, teníamos tiempo de no vernos y ansiaba conocer a sus sobrinos. Curiosamente me dijo lo mismo que mi compañera de la universidad. Recalcó que éramos como una sola y que si no fuera por la diferencia del color de los ojos pensaría que Rita era mi doble. Claro que me reí mucho de momento, pero después empecé a sentirme molesta y a sospechar que Rita me imitaba, no sólo en la ropa o el corte de cabello, sino hasta en los ademanes. Ella siempre tuvo gestos muy suyos, como mover lentamente la cabeza en señal de aprobación cuando otra persona hablaba o sonreír tiernamente mientras ladeaba la cabeza hacia el lado derecho o cerrar los ojos y volverlos a abrir mientras platicaba. Era más bien parlanchina, hablaba rápido y con un tono elevado de voz, mientras que mi charla generalmente era sosegada y calmada.

Empecé a poner atención a su comportamiento y tuve la certeza de que, como un actor que estudia a un personaje, mi gemela debió haber pasado horas frente a un espejo ensayando mi manera de moverme, de hablar y hasta de gesticular. No entendía las razones que tenía para hacerlo, pero deduje que eran deseos de ser como yo. Inmediatamente me reí de mi arrogancia. ¿Por qué razón iba yo a ser una mejor persona que Rita? ¿Qué le haría admirarme o querer ser como yo? En la infancia todo fue exactamente al revés: yo era la que hubiera querido ser como ella.

Pero las cosas no pararon ahí, los celos me atacaron. Bien dicen que las mujeres que somos madres somos como leonas, y no es que me pusiera furiosa porque maltratara a mis niños, todo lo contrario, se los fue ganando con esa dulzura suya y consintiéndoles en todo. Lo que más me molestó fue que le empezaron a decir mamá. Yo los corregía y les decía:

—No, mi tesoro, ella es su tía, yo soy "mamá".

Rita solamente sonreía dichosa. Todo le pedían

que les hiciera: que los vistiera, bañara, leyera el cuento de antes de dormir, les diera la mano y discutían entre ellos por ganar la atención de Rita.

Decidí que iba a tener que hablar seriamente con mi hermana y pedirle que buscara un trabajo y otro lugar para vivir. Más que nada me estaba dando miedo desaparecer, dejar mi lugar para que ella lo tomara. Me puse a pensar en cuál sería la mejor manera de hablar con Rita, tampoco quería ofenderla o que me lo tomara a mal. En esa disyuntiva estaba cuando sonó el teléfono y escuché del otro lado la voz agradable de mi hermano. Se oía feliz, me contó que se casó con una chica estadounidense llamada Nancy, que consiguió un trabajo increíble como programador de computadoras en un hotel de lujo en Acapulco y que además les daban casa; también me contó que ya esperaban a su primer bebé.

Le dije que yo también le tenía grandes noticias: que también me había casado y viajado a Europa, que tenía mellizos y que Rita reapareció después de años y que vivía con nosotros.

Juan se quedó callado... tanto tiempo, que creí que la comunicación se había cortado pues no respondía a mis repetidos «Bueno. ¿Bueno? ¡Bueno!», por fin escuché su voz:

—Marina... Tenemos que hablar.

—Dime, te escucho.

—No, no por teléfono, tenemos que hablar personalmente, es urgente. Yo voy a México la próxima semana por cosas de trabajo y aprovecharé la ocasión para verte y conocer a Braulio y a tus hijos, también me dará gusto saludar a Rita.

—Claro hermano, avísame qué día vienen, se

pueden quedar en mi casa, lugar sobra.

—No te preocupes por eso, Marina, iré solo y me quedaré con un amigo, no quiero ser una molestia.

—Como gustes, Juan. Espero con ansia volver a verte, hermano.

Al colgar el auricular se me ocurrió que quizá él podría ser el indicado para hablar con Rita, así que decidí esperar una semana más para pedirle que se fuera.

A la semana siguiente llegó Juan a visitarnos, me alegró mucho volver a verlo. Se había cortado el pelo y lucía un bronceado que le hacía ver todavía más guapo. Por la tarde, después de una deliciosa comida, mientras tomábamos el café nos quedamos solos un momento y él aprovechó para decirme que tenía que hablar conmigo urgentemente de un asunto muy serio, como me dijo por teléfono, pero que prefería que lo hiciéramos sin testigos. Quedamos de vernos al día siguiente para desayunar en un Sanborns cercano. No quiso decirme más, a mí me corroía la curiosidad: ¿qué cosa tan importante me quería decir a solas sin la presencia de Braulio ni de Rita?

Al día siguiente Braulio salió temprano a dar clase en la universidad y llena de curiosidad me fui al Sanborns que estaba a unas cuadras. Cuando llegué, Juan ya estaba sentado tomando un café. Se levantó y me arrimó una silla. Después de los saludos y el beso acostumbrado no pude más y le pedí casi con exigencia que me contara el asunto misterioso.

—Marina, no sé cómo empezar, es un tema muy penoso... verás... es sobre Rita...

—¿Qué pasa con ella? Dime...

—Debes entender que a ustedes, mis hermanas

mayores, no las conocí de niñas. En realidad, yo las recuerdo ya mayorcitas, cuando regresaba al pueblo durante las vacaciones. Las que más quedaron en mi memoria fueron Chanita, Rita y tú; ustedes son apenas tres años mayores que yo, eran igualitas, de hecho siguen siéndolo, en todo, menos en la mirada que es en lo que se pueden reconocer con facilidad. Recuerdo muy en especial tus ojos... a veces me parecía que eran como si se formara una tormenta en el cielo y pudieras ver a lo lejos los truenos relampagueando; en cambio Rita reflejaba en los suyos una dulzura y una paz inmensa, que en seguida ganaba la confianza y la simpatía de cualquiera. No me puedo imaginar que esa belleza de criatura haya caído tan bajo. No entiendo qué la llevó a hacer lo que hizo, podía habernos pedido ayuda, a nosotros o a las hermanas que están en Estados Unidos.

—Veo que se te da muy bien la poesía —le dije riendo—, pero ¿qué cosa tan grave fue lo que hizo? Dime... Hace unos años Braulio y yo nos la encontramos en Acapulco y si bien nos contó que estaba en amoríos con un hombre, bueno... ella ya es una persona adulta, dueña de sus actos y responsable de sus consecuencias. Además, toma en cuenta lo que sufrió con la muerte de su hijita y con sus constantes abortos.

Juan se me quedó mirando como si yo fuera un marciano.

—¿Qué niña se le murió? ¿Quién te contó eso?

—Pues ella misma, nos lo contó la vez que la vimos en Acapulco.

—Marina, Rita en efecto tuvo una hija, pero no murió. Está viva, la conocí en los Estados Unidos, se la dio a Petra, quien como sabes no pudo tener hijos. Estuve con ellos, viven en Brownsville y por cierto les va bastante bien. La niña tiene educación y cuidados que seguramente ni Rita ni Victoriano le hubieran podido dar. Porque no sé si estás enterada de que Rita usó drogas. Incluso estuvo en la cárcel de Chilpancingo antes de irse a Acapulco.

—Debe ser de tantas hierbas que le daban en el pueblo, también nos contó eso... la verdad estoy muy confundida con todo lo que me dices, nosotros no teníamos por qué poner en duda su historia. También nos dijo que Victoriano murió, que se dio a la bebida y que se ahogó al cruzar el río.

—Victoriano tiene otra mujer y vive en Hermosillo. Después que murió nuestra madre y las demás hermanas dejaron el pueblo, Rita vendió todo lo que quedaba y abandonó a Victoriano, que yo sepa no ha muerto.

—Bueno, y a todo esto, ¿cómo es que estás tan bien enterado?

—Porque Petra lo sabe y me lo contó todo, y en cuanto llegué a México me fui a investigar yo mismo a Chilpancingo y me entrevisté con la tal Celia, amiga de Rita.

—Cuéntame qué te dijo con todos los detalles, por favor.

Juan pidió más café, se acomodó en su silla y me contó toda la historia, al menos lo que él sabía:

—Pues bien, Celia es hija de una amiga de nuestra madre, desde joven se fue con su familia a vivir a Chilpancingo. Estudió comercio y ahora trabaja como secretaria en un bufete de abogados. Sus padres ya murieron y nunca se casó. Vive sola. Me platicó que un buen día apareció Rita con una maleta, así, sin avisarle ni nada, a pedirle que la dejara pasar unos días ahí porque no tenía en donde quedarse. Celia, por supuesto, le dio hospedaje. Ella vive bien, en una casita que le heredaron sus padres.

Juan hizo una pausa y tomó un sorbo de café. Después continuó su relato:

—Rita le contó otro cuento que a ti, me dijo que mientras hablaba se le llenaban los ojos de lágrimas y que Celia también estuvo a punto de llorar. Le dijo que su marido se largó con otra mujer y que le robó a su hija con la complicidad de su suegra, doña Clotilde, a lo mejor te acuerdas de ella (*que si me acuerdo*, pensé), que necesitaba ganar dinero para irse a Hermosillo a rescatar a su niña y que estaba dispuesta a trabajar de lo que fuera. Celia le aseguró que contaba con todo su apoyo, no sólo moral sino económico, le dijo que podía quedarse a vivir ahí el tiempo que fuera necesario. Espacio no le faltaba y donde come una comen dos, le dijo. Claro que Rita no podía trabajar de otra cosa que no fuera el servicio doméstico, porque tú sabes que siempre fue bastante negada para aprender nada que no fuera cocinar y limpiar.

Mil preguntas inundaban mi mente, pero no quise interrumpir a mi hermano.

—Al parecer Rita hizo varios intentos para conseguir trabajo de sirvienta, pero siempre regresaba a casa de Celia desilusionada y con los pies cansados de tanto caminar sin haber encontrado lo que quería. Celia, me dijo, le aconsejaba tomar cualquier cosa para empezar mientras conseguía un empleo mejor pagado o más cerca de donde vivían. Por fin tomó un trabajo de planta con una familia con niños chiquitos y se fue un tiempo. Iba a casa de Celia los domingos solamente y ese día aprovechaban para salir a comer o ir al cine o simplemente a tomar un helado al jardín del centro.

Mi café ya estaba frío mientras incrédula continuaba escuchando a Juan:

—Celia empezó a notar una transformación en Rita. Se cambió las trenzas por un peinado moderno y tenía ropa nueva, a veces traía un nuevo bolso o algún anillito de plata que Celia no le había visto antes. Preocupada, habló con ella: le preguntó si no estaría gastando el dinero que ganaba en ropa y adornitos y le recordó que tenía que ahorrar para ir a buscar a su hija a Hermosillo. Rita le aseguró que guardaba todo su sueldo y que las cosas que llevaba nada más eran "repelos" y baratijas que su patrona le obsequió.

Estaba muda. No podía dudar de lo que Juan contaba. En el fondo yo lo sabía:

—Un día, Rita se le presentó otra vez a Celia con todo y maleta. Llegó quejándose de la familia en donde trabajaba. Le dijo que ya no soportaba estar cuidando escuincles ajenos todo el día y que la tenían en calidad de esclava, que todo tenía que hacerles y que el trabajo no terminaba nunca. Le pidió que la dejara quedarse de nuevo en su casa hasta que encontrara algo mejor. Celia, desde luego, no pudo negarse y la aceptó nuevamente en su casa. Empezó a notar cosas raras en Rita, que, aunque era siempre amable y servicial, cada vez usaba mejores ropas, zapatos, bolsas, joyitas y hasta perfumes que Celia podía oler que eran caros. Dormía hasta entrado el mediodía y salía por las tardes, regresaba muy noche y por lo general Celia ya estaba dormida pues madrugaba para ir a su trabajo.

Juan puso su mano encima de la mía y continuó:

—No tardaron en llegarle los rumores y los chismes de amigas y vecinas. Rita tenía amoríos con diferentes hombres y les exprimía el dinero, decían las malas lenguas. Incluso le dijeron que se metió con un hombre casado y que la esposa le armó tremenda bronca en una tienda del centro cuando se la encontró. Celia, que es de creencias religiosas, muy dada a la iglesia y a los curas, estaba más que indignada de estar dándole asilo a una mujer tan desfachatada, pero tampoco tenía el valor de encararla o de decirle que se marchara de su casa. Me contó que una madrugada sonó el teléfono. Celia sobresaltada corrió a contestar, se quedó boquiabierta cuando una voz en el auricular le dijo que hablaba de la delegación de policía, que tenían una mujer detenida por fumar mota y escandalizar en la vía pública, y que les dio ese número telefónico como referencia. Celia, una mujer tan recatada y piadosa, no podía exponerse a ir a esas horas a la delegación de policía, así que esperó a que se hiciera de día y llamó a un primo suyo para que la acompañara. No fue posible sacarla de la cárcel ni siquiera con fianza. Rita tuvo que pasar un mes en los separos antes de quedar libre porque ya se le habían levantado cargos por estar en posesión de un carrujo de mariguana.

¿Cómo era posible que hubiera caído en sus mentiras?, pensé.

—Comprenderás que Celia no quiso volver a dirigirle la palabra a Rita ni mucho menos ir a verla a la cárcel, envió a uno de sus sobrinos a preguntarle a dónde mandaba sus cosas. Rita le envió una dirección y hasta el momento es todo lo que Celia sabe.

Juan suspiró y cruzó los brazos dando por terminado su relato, el cual escuché sin moverme y casi sin respirar. No podía creer todo lo que oía, pero ¿cómo había podido ser tan ingenua y creer en sus falsedades?

—Pues ahora más que nunca deseo que se vaya de mi vida, no la quiero más junto a mi familia. La mentira me horroriza. Yo te quería pedir que hablaras con ella porque, no sé si lo notaste, pero se está como mimetizado conmigo. Ignoro qué pretende hacer imitándome, pero lo que más me preocupa y me enoja es que siento que se apropia de mis hijos cada día que pasa. Les consiente todos sus caprichos y han llegado al grado de rechazarme para estar con Rita... Ya hasta le llaman "mamá". Pero ahora, después de lo que me has contado, no tengo ninguna duda de que lo más sano será pedirle que haga su vida lejos de mí. La enfrentaré yo misma.

—No te preocupes, no va a haber necesidad, ayer en la tarde hablé con Rita. Le ofrecí ayuda, le dije que podía venir a vivir con nosotros, pero ella no aceptó. Me dijo que consiguió por fin la visa americana y que se va con Petra a Brownsville, que de hecho ya lo tenía pensado porque se ha dado cuenta de que no pertenece a tu casa ni a tu familia. Así que libérate de esa carga y pasa página mi querida Marina.

Juan pagó la cuenta y me acompañó hasta la esquina de mi casa, me dio un fuerte abrazo y se despidió. Prometió seguir en contacto y me animó a que fuéramos a Acapulco con los niños a pasar unas vacaciones.

Regresé a mi casa con Rita en mi mente, recordándola cuando era una niña: ella era verdaderamente un sol, brillaba por sí sola, siempre feliz, siempre sonriendo. *Así es la vida*, pensé.

CAPÍTULO
DIECISIETE

Pasaron varios días y Rita no me daba la cara, se portaba huidiza y esquiva. Casi no estaba en la casa, yo esperaba la oportunidad de preguntarle cuándo se iría, pero tampoco encontraba el momento. Quería contarle todo a Braulio y pedirle su apoyo, pero él salía muy temprano a la universidad y regresaba muy tarde en la noche. Un día, extrañamente, llegó a comer. Mientras tomábamos el café, cuando yo estaba a punto de contarle acerca de Rita y pedirle consejo, súbitamente Braulio me dijo que necesitaba hablar urgentemente conmigo, pero en un lugar donde nadie nos fuera a interrumpir. Me dijo que era un asunto muy importante. Él no acostumbraba hablar así ni pedirme juntas privadas para conversar. En nuestro matrimonio siempre sobresalió la franqueza y la libertad de expresar nuestros pensamientos abiertamente.

Nos subimos al coche, creí que iríamos a un

café o a un parque, pero condujo por la avenida Insurgentes hacia la carretera a Cuernavaca. Yo estaba muy asombrada y no se me ocurría qué cosa era tan importante que no me la podía decir ni siquiera en un café. La curiosidad y el temor de que sucediera algo grave hicieron que me pusiera nerviosa. Cuando llegamos al mirador de Cuernavaca estacionó el auto y lo apagó. Nos quedamos en silencio durante varios minutos. Yo estaba ansiosa, pero no me atrevía a hacer ninguna pregunta.

Por fin se decidió a hablar:

—Marina, antes que nada necesito... te ruego que me escuches en silencio hasta que termine, después podrás decirme y hacer lo que quieras. ¡Promételo!

Volteé a mirarlo, ya oscurecía y podía ver su perfil en la penumbra, miraba fijamente hacia el frente y los músculos de su cara estaban tensos.

—Está bien, Braulio, te lo juro.

—Se trata de Rita... y de mí. Yo, de antemano te pido perdón, aunque sé que no lo merezco. Hace unos meses cuando ella llegó a vivir a la casa... me fue seduciendo y tú siempre estabas tan ocupada... Perdóname, soy un traidor y además un cobarde porque me justifico de antemano echándoles la culpa.

Nunca había visto llorar a Braulio, me quedé en silencio como lo prometí, pero sentí que algo se rompía en mi interior, como si se me reventara una tripa. Lo cierto es que aunque hubiera querido hablar no tenía aire y lo único que logré hacer fue abrir la boca. No podía creer lo que escuchaba, debía estar soñando, me encajé las uñas de la mano derecha en el brazo izquierdo para ver si sentía dolor... estaba despierta en nuestro auto estacionado en el mirador de Cuernavaca.

—Lo último que hubiera querido hacer en la vida es causarte este dolor, pero me veo obligado porque Rita me chantajeó con decírtelo ella misma, quiere dinero... y la casa. Nos quiere destruir y por eso prefiero ser yo quien te lo diga. No sé cómo pude llegar a esto... no sé cómo pude ser tan pendejo...

Seguíamos en la misma posición dentro del auto, él mirando hacia el frente y yo viendo su perfil en la penumbra. Hubo un momento en que algo dentro de mí empezó a darme calor, como si tuviera una bola de fuego adentro. Era en el estómago, notaba como si estuviera a punto a vomitar; la sensación fue subiendo hacia el pecho y después hacia mi garganta, pero no vomité ni arrojé nada, aunque abrí la boca, eso que sentía siguió subiendo hasta mis ojos y de pronto Braulio desapareció de mi campo visual, todo era negrura, no podía ver. Duró unos segundos y después una fuerza extraña corrió hacia mis puños y lo golpeé en el brazo, en el pecho y en la cara con una potencia que yo no sabía que poseía. Él se dejó pegar, lloraba como un niño chiquito y me dio la impresión, a pesar de mi furia, que agradecía que lo maltratara. Me bajé del auto y quise correr, pero la fuerza se me había ido completamente y nada más atiné a dar unos cuantos pasos y sentarme en una banca que encontré. Estábamos a la vista uno del otro y así nos quedamos, quietos y llorando en silencio, no supe por cuánto tiempo.

No se veía a nadie más en el mirador; únicamente el auto, Braulio y yo.

Yo había dejado mi suéter dentro del coche y

sentí frío. Como si Braulio lo hubiera adivinado, bajó del auto con el suéter y me lo echó en los hombros. Trató de abrazarme, pero lo rechacé con un empujón y regresé al auto. Él entró y por primera vez en toda la conversación me miró a la cara:

—Sé que ahorita tal vez no es el momento, pero, Marina, recuerda que tenemos dos hijos y una vida juntos. No te pido que lo comprendas, fue un paso en falso y nada más... Rita no significa nada, nunca tuve un sentimiento profundo por ella, fue solamente sexo, para mí eso ya no importa, lo único que me interesa eres tú y no puedo permitir que ella se salga con la suya. ¡Por favor! No hagas nada ahora de lo que puedas arrepentirte mañana. ¿Podrás perdonarme algún día?

—No, Braulio, no lo creo. Hazme el favor de llevarme a mi casa, recoge lo indispensable y márchate.

Durante el camino de regreso no podía dejar de pensar en Rita. Mi boca tenía un sabor amargo y me temblaban las manos. Estaba decidida, esa misma noche en cuanto llegara a mi casa la pondría en la calle.

Al llegar, Braulio me pidió que lo dejara entrar a recoger algunas cosas y que además no quería dejarme sola con Rita porque él también la quería encarar. Me bajé del auto sin siquiera voltear a verlo, él se estacionó y bajó después. Entré a la biblioteca procurando no hacer ruido para no despertar a mis hijos, al fondo había una puerta que daba hacia el patio en donde se encontraba el cuarto de huéspedes. No se veía ninguna luz, ¡mejor!, así me la encontraría dormida y no le daría tiempo a reaccionar. Toqué con fuerza y grité su nombre... No contestó.... furiosa, di una patada a la puerta y ésta se abrió. Pude ver con la poca luz de la luna que entraba por la ventana que no había nadie en la cama. Prendí la lámpara. El cuarto estaba vacío. Rita se marchó y se llevó con ella todas sus pertenencias. Debió sospechar que Braulio me lo iba a contar todo, a lo mejor nos estaba espiando cuando él me dijo que quería hablar conmigo de una manera tan seria. ¡Bueno! Por lo menos me ahorré el disgusto del enfrentamiento. En el cuarto solitario, sobre una mesa, relucía el juego de llaves que le di cuando recién llegó; tuvo la decencia de dejarlas. Vi que Braulio estaba parado en la puerta y miraba la escena, murmuré un «Permiso» y salí de la habitación.

Al subir la escalera me atacó la tristeza y al pasar por el cuarto de los niños me puse a llorar en silencio. Fui a la cocina a prepararme algo para beber, necesitaba algo fuerte. Mica, la muchacha, iba entrando por la escalera de servicio, me escuchó llegar y quería saber si necesitaba algo. Lo que yo únicamente hubiera necesitado era poder regresar el tiempo y nunca haberle ofrecido a Rita que viviera en mi casa, pero qué tonta e ingenua había sido.

—La señorita Rita... ¿viste cuándo salió Mica?

—Sí señora, se fue sin decir nada hace como una hora y llevaba una maleta. Antes de irse, bañó y acostó a los niños y me pidió que les echara un ojito. Aquí he estado al pendiente, sólo ahorita que fui por mi tejido... ¿van a cenar los señores?

— No, Mica, no te preocupes, ya vete a dormir. Yo me hago cargo.

Me fui a la sala y me tiré en un sillón, no me atrevía a entrar a la recámara, todavía no. Escuché la puerta de abajo cuando cerró Braulio. Me quedé ahí con mi *whiskey* en la mano, sin poder acabar de procesar todo lo que acababa de suceder. Necesitaba consejo y apoyo; y en la primera persona que pensé fue en mi hermano. Lo llamaría en la mañana. Después lo siguiente sería pensar y pensar cómo le iba a hacer para recomponer mi vida.

Regresé a la cocina y me serví otro *whiskey*, caminé a la recámara y me detuve un momento antes de entrar. Abrí la puerta, me quedé ahí parada observando la cama *king size* con la hermosa colcha color agua, el suelo de madera pulida, los muebles de encino, el libro en mi mesa de noche. Todo estaba igual que esta mañana, solamente faltaba Braulio. Me puse una piyama y una bata y me fui al cuarto de los niños a tratar de dormir.

A la mañana siguiente, a primera hora llamé a mi hermano a Acapulco y le conté lo sucedido, me advirtió que no fuera a dejar la casa ni a los niños por ninguna razón, que él tenía un amigo, excelente abogado, y que el fin de semana vendría en un viaje relámpago a verme y a hablar con su amigo. Levanté a los niños y les di de desayunar. Me metí a la regadera y dejé que el agua corriera sobre mi cuerpo varios minutos como si su tibieza fuera capaz de llevarse todas mis penas.

Por momentos me poseía la rabia; y en otros, una enorme tristeza. Trataba de no llorar enfrente de mis hijos, a ellos les dije que su papá se fue de viaje y que no se pudo despedir porque estaban dormidos. Por momentos sentía la necesidad de hablar con alguien; pensé en Adela, que seguramente podría entender por lo que yo estaba pasando; pero a los diez minutos me pareció una pésima idea. Lo que quería realmente era estar sola para poder lamerme las heridas sin que nadie me viera.

Por la tarde Braulio tuvo la desfachatez de llamar por teléfono, contestó Mica. Afortunadamente, yo ya le había advertido que si hablaba el señor, le dijera que estaba dormida. Insistió durante varios días hasta que supongo que se cansó.

El viernes llegó mi hermano, lo primero que hizo fue abrazarme con fuerza y acariciar mi cabeza. Se le veía contrariado y muy preocupado. Le pedí que se quedara en mi casa para poder hablar largamente y además sentirme acompañada. Después de instalarse y comer algo, nos sentamos a hablar con tranquilidad.

—No puedo creer que cayeras en la trampa de Rita —me dijo en tono cariñoso—. Estoy seguro de que en el fondo tú sabes muy bien que ella es una mujer patológicamente envidiosa.

—Juan, para un amorío se necesitan dos. No es nada más culpa de Rita, también lo es de Braulio. Y, además, no sé cómo explicarlo, pero siempre me he sentido culpable con Rita, siempre he imaginado qué hubiera pasado si los papeles hubieran sido al revés, si yo hubiera vivido la vida de mi hermana; y me dan escalofríos. Tú y yo tuvimos la suerte de poder salir de ese pueblo ignorante y supersticioso, pero ella no.

—Braulio lleva culpa también y para eso vamos a hablar con el abogado porque tú no debes dejar la casa ni a tus hijos. Te pertenecen por derecho y además tendrá que pasarte una buena pensión.

—Braulio ha estado llamando por teléfono, pero no he querido contestar.

—Bueno, si vuelve a llamar yo hablaré con él,

que sepa que tienes quien te defienda. En cuanto a Rita, en el momento que sepa dónde o con quién está, me va a escuchar.

Me sirvió de gran consuelo hablar con Juan, me sentí apoyada y me dio mucha seguridad. Aunque todavía tenía dolor y miedo, estos se fueron atenuando al pasar los días. Juan regresó a Acapulco y yo traté de hacer mi vida normal con mi trabajo y mis hijos.

Pasó cerca de un mes, Braulio insistía con el abogado en que quería ver a sus hijos y hablar conmigo, así que finalmente acepté. Un hecho no podía negar, era el padre de esos niños y aunque yo rompiera mi relación con él, no tenía derecho a destrozar la de un padre con sus hijos. A los pocos días vino a la casa; yo me porté fría, pero sin ser grosera. Le dije que estaba de acuerdo con que llevara a los niños a pasear, pero quería que me jurara que no había visto nuevamente a Rita y que, eso sí, me oponía rotundamente a que ella se les acercara.

—Marina, te lo juro por mis hijos, que únicamente fue esa vez y que después del chantaje que quiso hacerme no le volví a dirigir la palabra. Desde el día que te lo confesé todo no la he vuelto a ver ni pienso hacerlo.

Tenía que creerle, pero era muy difícil no imaginarme a Rita dueña de mi marido y de mis hijos.

Al pasar las semanas las cosas empezaron a relajarse, Braulio, aunque vivió lejos de nosotros toda esa etapa, no descuidó ni los gastos ni a los niños. Empezamos a tener una especie de relación de "amigos por necesidad" y de "primero están los niños", mi enojo y resentimiento fueron bajando de tono, como si del morado se bajara al rojo, y me imagino que Braulio deseaba expiar su culpa siendo amable y responsable. Rita acudía a mi mente cada vez menos y di por hecho que como se había pasado de la raya nunca más la vería, al menos eso era lo que yo hubiera deseado.

CAPÍTULO DIECIOCHO

Fue un día que estaba yo sola, Braulio estaba con los niños y a Mica le di unos días libres para ir a la fiesta de su pueblo. Era paradójico, pero tantos años de vivir sola no me llevaron a odiar la soledad como muchos asumirían; al contrario, hasta la fecha me encanta quedarme sola, me gusta el sonido del silencio y la libertad de hacer lo que yo quiera.

Pasé la mayor parte del día arreglando la alacena mientras escuchaba música, después abrí una sopa de lata y me hice un sándwich; lo comí mientras veía la televisión tirada en un sillón. Luego de una agradable siesta, preparé la tina con sales aromáticas, prendí unas velas y disfruté un delicioso baño. Me quedé ahí, con los ojos cerrados, sin pensar en nada hasta que el agua se enfrió. Luego tomé una ducha de agua tibia y me puse mi piyama predilecta, una toda viejita y deshilachada, una bata y mis pantuflas favoritas. Me hice un nido en mi cama: mi libro, el último número de la revista *Arqueología*, una cajita de chocolates de menta, un cuaderno y una pluma, por si quería anotar algo, y una frazada. Me preparé un café y me metí bajo las sábanas. Se había soltado un aguacero, me sentí cómoda y caliente en mi *king size.* Me di cuenta de que ya no extrañaba a Braulio, que estaba perfecto tener esa camota para mí sola. Agarré el libro y me dispuse a disfrutar el momento.

No llevaba ni dos páginas cuando escuché el ruido de la llave y que alguien abría la puerta de la entrada. Supuse que era Braulio, me extrañó porque acordamos que se quedaría con los niños todo el fin de semana. *Tal vez alguno se enfermó*, pensé de pronto. Me levanté alarmada. Me puse las pantuflas y la bata y apurada bajé al vestíbulo. Ya anochecía, pero todavía se veía algo de luz. Por la escalera subía Rita. Venía cerrando un paraguas. Pasó delante de mí, se quitó la gabardina que traía puesta y se dejó caer en un sillón.

—Hola, Marina.

Así, solamente eso dijo, como si viniera del cine o de cualquier otro lugar y nos hubiéramos visto apenas esa mañana.

Yo me quedé inmóvil y muda. No entendía qué sucedía. ¿Cómo era posible que Rita se presentara como si nada después de lo que me hizo? ¿Es que no tenía conciencia? ¿No le daba vergüenza?

—¡Qué! ¿No me ofreces algo de tomar...? Bueno, no te preocupes, ahorita me sirvo yo misma un *brandy*, ¿quieres?

Y se levantó, buscó el *brandy,* sirvió dos copas y me ofreció una. La tomé y le di un buen trago, la verdad lo necesitaba.

—¿Cómo entraste? —balbuceé.

—¿Que cómo entré? ¿Eso es lo que te importa? No tienes imaginación, Marina, a ti seguramente nunca se te hubiera ocurrido sacar una copia de las llaves de la casa para cualquier emergencia —dijo en tono de burla—. Bueno, Marina, ahora vamos al grano: ya que seguramente te calmaste y ya has pensado las cosas, vengo a platicar contigo de lo que me debes. En primer lugar, entérate que yo y nadie más que yo fui la que seduje a tu marido, claro que él se dejó querer, pero no lo culpes: es hombre y los hombres no se toman tan en serio el sexo casual, así que puedes perdonarlo... o no, eso en realidad a mí no me interesa. Lo hice para demostrarte que tú no eres la única que puede conquistar a un hombre como Braulio, que yo también soy perfectamente capaz. En segundo lugar, y ya dejando atrás lo mal que te has de haber sentido por eso, vengo a decirte que después de calcular las cosas y de hacer cuentas de todo lo que me quitaste desde que te fuiste del pueblo, me debes por lo menos esta casa. Lo he pensado bien y he decidido conformarme con eso. A partir del momento en que me la cedas y te vayas de aquí con todo y tus niñitos te dejaré en paz para siempre.

No podía creer lo que escuchaba, la veía ahí sentada con su copa en la mano diciendo su monólogo sin detenerse y por primera vez me di cuenta de que estaba loca. ¿Cómo fue que nunca lo vi?

Calculé lo que tenía que hacer: ir a la cocina con cualquier pretexto y llamar por la extensión telefónica a la policía. Tuve que hacer un gran esfuerzo para mantenerme calmada y callada, pero razoné que esa era la mejor solución en lugar de perder el control y ponerme a discutir con una demente.

—Ahorita vengo —atiné a decir—. Dejé la estufa prendida.

Y sin esperar su respuesta caminé hacia la cocina tratando de no correr para que no sospechara nada.

Con manos temblorosas, descolgué el teléfono y vi el número de la policía que tenía apuntado en un pizarrón en la pared, como estaba oscuro me tardé en descifrar los números. En el momento que empecé a marcar, el dedo de Rita apretó el botón de colgar.

—Tú de veras no me quieres entender, nunca has podido. ¿De verdad no sabes todo el daño que me hiciste en la vida? ¿Quieres que te refresque la memoria?

—Rita, por favor, sal de mi casa, vete en paz antes de que enfurezca y te eche a patadas —le dije conteniendo el miedo que sentía.

—Me vas a escuchar, aunque no quieras, Marina. ¿Qué piensas que sucedió cuando te fuiste del pueblo toda digna y envalentonada? Yo era el ángel de Balsas, todos me adoraban y me pedían ayuda para contrarrestar tus maldades, me requerían, me rogaban que los acompañara a la iglesia a rezar, me tenían estima, me regalaban cosas. Y después... yo ya no valía para nada, no servía porque tú no estabas, porque ya no me necesitaban para salvarlos de tu mirada, de tu sangre viciada. Nos dividimos a la mitad, ¿te das cuenta? Yo ya no era nadie sin ti. Me volví un fantasma, una sombra, ya ni siquiera mi madre me veía, me olvidaron por tu culpa.

Se dejó caer en una silla de la cocina, como si

fuera una actriz que se derrumba ante la tragedia.

—Te fuiste a obtener todo lo que deseabas y lo conseguiste; mientras yo sufría la indiferencia de todos; mientras mi marido, que tanto amé, se convertía en un borracho; mientras yo abortaba un hijo tras otro. ¿No crees que merezco alguna compensación por todo ese sufrimiento?

—¿Compensación? Todos somos dueños de nuestra vida, Rita, y tú tampoco le echaste muchas ganas que digamos. De acuerdo, tu marido es un borracho, pero tú me dijiste que había muerto y no es así, tú lo dejaste, me mentiste. ¿Y qué hay de la hija que tuviste y que le regalaste a Petra? ¿No podías por lo menos haber tenido amor hacia esa criatura?

Rita calló y puso cara de interrogación.

—Así que tú también tienes tus espías, ¿no es así? Pero ni siquiera ese sufrimiento puedes entender. Tu maldad no te permite tener ese tipo de sentimientos. Tú lo ignoras todo: no tienes la menor idea de lo que es tener hambre y no tener nada que puedas llevarte a la boca; no sabes lo que es una niña pidiendo un pedazo de pan, vivir en la pobreza sin tener más que juguetes viejos y rotos; lo que es vestirla con ropa de segunda mano que te regaló un alma caritativa; ignoras lo que es ver a tu criatura enferma y no tener dinero para llevarla a un doctor ni para comprarle las medicinas; lo que se siente regalar a un hijo para que pueda llevar una vida decente. ¡Sí! Se la di a Petra porque yo sabía que con ella iba a tener una vida mejor, y la tiene, ¡no me equivoqué!, porque has de saber que yo estoy bien informada, sé que mi hija está sana y hermosa y tiene todo lo que una niña debe tener, y que Petra y su marido la adoran, y sé que va a la escuela y que hasta habla inglés. Fue un acto de bondad lo que hice, Marina, un acto que tú no hubieras sido capaz de hacer porque no entiendes nada de nada y tu egoísmo no te permite ver. ¿Por qué crees que nuestra madre regaló a Juan? ¿No te has puesto a pensar lo que ella sufrió al ceder a su único hijo varón?

Mientras hablaba se levantó de la silla y me tomó por los hombros. Me sacudía una y otra vez, estaba fuera de sí, lloraba y tenía una palidez alarmante. Me zafé como pude de sus manos, me di media vuelta y salí de la cocina. Busqué un cigarrillo y lo encendí. Noté que Rita se había quedado en la cocina y que si lloraba, al menos ya no gritaba. Me sentía agobiada y asustada. Subí a mi recámara con la esperanza de que se calmara y se fuera. Sentí la necesidad de que me diera un poco de aire y salí al balcón de la recámara a terminar mi cigarrillo.

La lluvia había cesado pero seguían cayendo pequeñas gotas de las hojas de los árboles, el aire fresco me calmó un poco. La oscuridad ya era total y la calle se veía desierta, sólo algún automóvil pasaba de vez en cuando. Apoyé mi brazo derecho en el barandal y recargué la cabeza sobre la mano izquierda. Comprendí las razones de Rita, me acordé de mi madre cediendo a su hijito, pensé en el pueblo y en cómo salí de ahí, las imágenes de mi vida pasaron frente a mí como en una película… como dicen que pasa cuando ya te vas a morir: Balsas... Tiburcio... Buenavista... Bucareli... Chilpa... Armando... mi amigo Yoko... toda mi vida pasaba frente a mis ojos. Braulio... su traición... mis hijos...

En ese momento tuve una increíble

experiencia: me vi a mí misma corriendo por las escaleras hasta el balcón de mi recámara, llevaba los dos brazos extendidos hacia adelante y las manos flexionadas hacia arriba. Mi rostro estaba contraído, mis ojos parecían ranuras de alcancía y la boca apretada en un horrible rictus. No fue posible que yo lo hubiera visto en realidad porque estaba de espaldas mirando hacia la calle y, como he dicho, recargada en el barandal. Juan dice que a lo mejor escuché los pasos en el piso de madera, pero estoy cierta que pude ver y hasta sentirme como Rita.

Fue hasta el último momento que reaccioné porque permanecía como en un trance mirando sin ver a Rita. Hice un medio giro hacia mi izquierda y Rita pasó volando junto a mí, yo perdí el equilibrio, Rita alcanzó a tirarme de la ropa y, no supe cómo, pero su peso me hizo dar una maromota y caer con ella. Todo pasó en segundos.

Me volvió a suceder lo mismo que cuando la vi correr al balcón, más bien dicho: a sentir. Sentí cómo Rita caía al vacío: primero la sorpresa y después cómo mi estómago se encogía y se iba hacia mi pecho, cómo quería gritar sin que saliera ningún sonido de la boca; y, de pronto, un golpe sordo y un crujir de huesos. Y el dolor, el dolor agudo, tan terrible que era imposible de localizar. ¿Era el brazo o la pierna o la espalda? La cabeza, el miedo, el dolor insoportable, el cielo apagado y la luna en cuarto menguante y luego la oscuridad, la negrura total.

Regresé entonces a mi cuerpo, por decirlo de algún modo. En ese momento fui consciente de mi situación, no era yo quien cayó al suelo desde lo alto; yo sentí todo a través de Rita. Yo estaba colgada, me había alcanzado a agarrar de la parte de abajo del balcón, mis piernas estaban en el aire y mis manos aferradas a la piedra de una de las columnas. No me atrevía a moverme y menos a mirar hacia abajo. Estaba agotada y me parecía imposible hacer ningún movimiento que me ayudara a escalar hacia mi recámara. Después de unos minutos, ya con la cabeza un poco más clara, me atreví a mover las piernas para ver si lograba encontrar algún apoyo que me permitiera subir, pero mis pies simplemente patalearon en la nada. Lo único que logré fue asustarme más y darme cuenta de que las manos me estaban doliendo terriblemente, mis dedos estaban agarrotados y temía que no soportaran más y se soltaran aunque yo no quisiera, era como si no me pertenecieran. Sentía que los hombros se me dislocaban y que los tenía a la altura de las orejas, la barbilla se me hundía en el pecho y nunca hasta ese momento supe lo que es la gravedad. No me atrevía ni a gritar porque pensé que si lo hacía se me iban a ir las pocas fuerzas que aún me quedaban. Traté de hacer respiraciones largas jalando el aire por la nariz y echándolo por la boca, pero ya no podía controlar los dedos de mis manos, se aflojaban sin obedecerme. Cerré los ojos y me dispuse a caer cuando ellos lo decidieran.

En ese momento escuché una voz firme que me gritó:

—¡Señora Marina! ¡Aguante! ¡Ya llega mi hijo con la escalera! Abrí los ojos como si con eso fuera a oír mejor y reconocí la voz de la vecina de enfrente. Apreté las manos a la piedra pidiendo a mi cerebro que las siguiera controlando.

Una escalera apareció a mi lado y un muchacho me asió por la cintura y colocó mis pies en los escalones. Me habló con voz suave, me hizo subir y entrar en el balcón. No sé cómo lo logré porque mi cuerpo no me respondía, estaba totalmente engarrotada y las piernas no me sostenían. El joven me sentó en un sillón y bajó a abrir la puerta de la calle.

La mujer y su hijo me hacían preguntas y yo no podía articular palabra. Tenía la boca tan seca que me parecía que en lugar de lengua tenía una lija. El chico me trajo un vaso con agua, al beberla tuve la sensación de que iba a soltar el grito que contuve antes. Medio entendía que querían que les diera el teléfono de algún familiar que se hiciera cargo de nosotras y no se me ocurrió dar otro que el de Braulio. Me pusieron una frazada y me subieron a la ambulancia que la vecina había pedido, yo quería preguntar por Rita, pero no supe si no lo hice porque apenas podía hablar o porque no quería saberlo. Cuando Braulio entró a la sala de urgencias tuve una enorme sensación de alivio. Él me abrazó y yo únicamente pude recostarme en su pecho porque tenía dislocados los hombros y no podía levantar los brazos. Le pregunté por Rita, le expliqué que las enfermeras y los médicos de la sala de urgencias evadían decirme la verdad; me dijeron que estaba viva, pero nada más.

—Rita está muy grave, Marina, tiene una fractura en el cráneo, además de muchas otras en el cuerpo. Ahora mismo está en el quirófano, los médicos no garantizan que sobreviva. Marina... la policía abrió una investigación del accidente... He hablado con los peritos de la policía, quieren interrogarte. Dime, ¿qué fue lo que sucedió?

Le conté todo lo ocurrido mientras él me acariciaba la mano. Me di cuenta de que ante lo que acababa de vivir, la traición de Braulio de pronto pasaba a un segundo término y que florecían en mí sentimientos olvidados. Me dejé querer, lo necesitaba. Deseaba sentirme amada y protegida.

Me permitieron ir a mi casa al día siguiente, Braulio me pidió regresar, no quería dejarme sola en esos momentos y yo no pude rechazarlo. Rita salió viva de la operación, pero nos dijeron que tenía por delante una larga y dolorosa recuperación. Yo simplemente traté de recuperar mi vida.

CAPÍTULO
DIECINUEVE

Como en todo accidente grave, el hospital dio parte y se abrió una investigación. La policía me interrogó hasta el cansancio, incluso me detuvieron varias horas en los separos de la procuraduría, pero yo me mantuve firme en mi declaración:

—Ella quiso empujarme al vacío, pero yo la vi venir y la pude esquivar... Sí, sí estaba de espaldas, pero supe que corría hacia mí... No, no sé si la escuché, todo fue muy rápido... No, no sé cómo es que quedé colgada del balcón, creo que tiró de mi bata...

Braulio me apoyó en todo y pagó una fianza para que me dejaran salir mientras se terminaban los peritajes. La policía comenzó a investigar con amigos y conocidos sobre mi carácter y mi manera de actuar ante el estrés, no tenía miedo de lo que dijeran acerca de mí porque en esa época yo era una persona tranquila y amable que nunca había dado motivo para ningún pleito o escándalo; más bien tenía miedo de que interrogaran a alguien que me hubiera conocido de jovencita y supiera acerca de las historias que se decían sobre mi temperamento. Caí en pánico total cuando llegó mi hermana Petra con la hija de Rita. Juan les avisó y vinieron desde Brownsville para que la niña viera a su madre.

No reconocí a Petra, tenía olvidado su rostro; y a la niña nunca la llegué a conocer más que en fotografía. Viví atormentada esos días al pensar que llamarían a declarar a Petra y ella contara sobre Tiburcio o de lo malvada que según mi familia fui de niña. Afortunadamente eso no sucedió.

En cambio Rita sí que tenía antecedentes, pasó una temporada en la cárcel y la encontraron consumiendo drogas.

Pronto quedé libre de sospecha; y, sin embargo, yo podía ver en los ojos de Petra su duda acerca de mi versión de los hechos. Después me enteré que le externó sus sospechas a Juan, ella no podía creer que Rita hubiera sido capaz de causar el accidente.

Si bien Rita salió viva de la cirugía, quedó en coma profundo. Todos estábamos al pendiente de alguna mejoría, sobre todo Juan, que me decía que se sentía culpable por no haber estado más cerca de nosotras. El iluso creía que hubiera podido evitar la tragedia. Yo sabía que no, que nada hubiera impedido que Rita y yo nos enfrentáramos en algún momento.

Braulio iba conmigo al hospital, pero nunca entraba a verla, se quedaba en el pasillo. La primera vez que me dejaron entrar, sentí que se me paralizaban las piernas y que no sería capaz de acercarme a su cama. Era como una figura de cera; de hecho, yo tuve la impresión de que estaba muerta.

Después de dos meses, Rita despertó del coma. Juan me lo contó, yo no estaba presente y los médicos opinaron que fue mejor así. Dijo puras incoherencias y no reconoció ni a Petra ni a la niña, sólo a Juan. Después de algunos días, cuando el neurólogo le preguntó si sabía cómo se llamaba, balbuceó mi nombre, el doctor pensó que a lo mejor quería verme, pero pronto se dio cuenta de que quería decir otra cosa: Rita dijo llamarse Marina Ramírez, estar casada con Braulio de la Cueva y tener dos hijos pequeños. Duró semanas en ese estado, repitiendo una y otra vez lo mismo. Yo me mantuve a distancia, realmente no quería verla.

Los médicos opinaron que probablemente su confusión sería pasajera y que cuando su cerebro se desinflamara por completo se podría saber si le habían quedado secuelas.

Yo sabía que Petra ansiaba escuchar la versión de Rita sobre el accidente, pero tuvo que esperar. Los doctores insistieron en que no se tocara el tema del incidente porque todavía estaba demasiado confusa y temían que una de las secuelas fuera un trastorno de la personalidad, algo que incluso pudo haber estado latente desde la infancia y que con el trauma tan grave que sufrió finalmente se hiciera permanente.

Por consejo médico, no había visitado a Rita desde que recuperó la conciencia, pero llegó el día en que consideraron que era el momento. No deseaba para nada hacerlo. Le pedí a Braulio que me acompañara aunque fuera hasta la puerta del cuarto de Rita.

Cuando llegamos, ya Juan y Petra nos

esperaban en el pasillo y ahí mismo aguardamos a que llegara el neurólogo que estaba muy interesado en la reacción que tendría Rita al verme.

Entramos al cuarto de mi hermana. A pesar de que las cortinas estaban cerradas porque ella no soportaba la luz, me impresionó su aspecto: estaba semisentada en la cama, le habían quitado los vendajes de la cabeza, no tenía cabello y una cicatriz como una diadema le recorría el cráneo; sus ojos estaban hundidos y tenía unas grandes ojeras que le marcaban el rostro; sus pómulos, al contrario, se veían extremadamente prominentes y tenía un color de piel verde olivo. El olor del cuarto me produjo una náusea momentánea, olía a orines mezclados con desinfectante de pino y a encierro. Tuve ganas de dar media vuelta y salir corriendo; de hecho, di un paso hacia atrás, me sentí mareada. Juan me sostuvo con firmeza y apretó su mano en mi brazo. Rita tenía la mirada como perdida, pero de pronto fijó los ojos en mí y gritó: «¡Asesina! ¡Atrapen a esa mujer! ¡Intentó matarme! ¿Cómo la dejaron entrar? ¡Sinvergüenza! ¡Auxilio!»

Se quiso incorporar para levantarse de la cama y me di cuenta de que no podía hacerlo porque sus piernas estaban torcidas por las fracturas sufridas y la falta de movimiento por llevar tantos meses en cama. Una enfermera se acercó a calmarla. Me aterré, traté de respirar hondo mientras mis manos empezaban a temblar sin control. Juan me apretó de nuevo el brazo y me susurró un «tranquila» al oído, busqué dónde sentarme porque sentía que las rodillas se me doblaban. Encontré un sillón y me dejé caer mientras escuchaba al médico hablar con Rita.

—Calma, calma, todo está bien. Dime, ¿sabes el nombre de esa mujer? —le preguntó mientras me señalaba con un dedo.

—¡Claro que sí! —gritó—. Es mi hermana Rita, ¡ella fue quien me empujó mientras yo miraba por el balcón!

Con un ademán el neurólogo me pidió que me acercara mientras Rita parecía alucinar, veía para todos lados con un terror que se reflejaba en sus ojos hundidos.

El médico suavemente me colocó frente a ella. Rita clavó sus ojos en mi rostro mientras el suyo se transformaba en una interrogación.

—¿Quién es ella? —le preguntó el médico.

Rita guardó silencio durante unos segundos, viéndome fijamente mientras yo hacía lo mismo. Lo que yo veía no era mi hermana, era una mujer desfigurada con la mente extraviada, un ser espantoso con la cabeza cosida y la boca abierta escurriéndole baba. Me dieron ganas de llorar a gritos por ella y por mí. Era yo, pero con el alma destrozada.

—¿Quién es? —le insistió el médico.

—Es mi reflejo... soy yo... viéndome en un espejo.

—Entonces, estás de acuerdo con que tu ojo derecho es azul y el izquierdo negro; por lo tanto, tú te llamas Rita Ramírez y la mujer que ves frente a ti no es tu reflejo sino tu hermana gemela llamada Marina.

—Mi ojo derecho es negro...

El médico se extrañó y me pidió que me alejara, entonces le pidió a la enfermera que trajera un camillero para levantar de la cama a Rita. Tardó varios minutos en regresar en los que el silencio en la habitación se hizo incómodo y pesado. Rita se había quedado como en un trance, callada y mirando al techo.

El camillero levantó a Rita con cuidado y el médico le ordenó que la pusiera frente al espejo que estaba encima del lavabo del baño. Todos permanecíamos atentos. Noté que Braulio entró a la habitación y se quedó parado junto a la puerta.

El médico le pidió a Rita que levantara la mano derecha y ella, sin dudarlo, levantó la izquierda. Parecía estar hipnotizada, mientras observaba su reflejo en el espejo, con mucha concentración y la boca apretada. Luego le pidió que pusiera su dedo índice abajo de su ojo derecho. Rita puso su dedo izquierdo en su ojo negro.

El médico se quedó pensativo y le pidió al camillero que regresara a Rita a la cama, después nos hizo una seña para que saliéramos con él. Rita había tenido un cambio drástico en su actitud. Ahora no parecía estar iracunda sino meditativa, como ensimismada en sus propios pensamientos.

Petra, que había permanecido expectante, antes de salir se acercó a la cama y tomó la mano de Rita entre las suyas, nuestros ojos se cruzaron por un momento.

Una vez afuera, el neurólogo habló con nosotros:

—La señora está completamente confundida. En lugar de ver su reflejo de frente, su psiquis ha volteado su imagen como si hubiera rodeado el espejo y lo viera por atrás. Es un caso sumamente extraño, de hecho no tengo conocimiento de ningún otro; sin embargo, les prometo que lo consultaré con algunos colegas para encontrar un tratamiento para su condición. De cualquier manera, como pudieron ver, su salud se encuentra seriamente deteriorada y no podemos todavía asegurar que esté fuera de peligro. Estaremos en contacto.

El médico se retiró y nos quedamos callados, sumidos en nuestros pensamientos. Braulio me rodeó los hombros con su brazo, Juan puso una mano sobre su frente y Petra, inmóvil, parecía una estaca con la mirada clavada en el piso.

—A mí me parece —dijo Juan mirando a Petra— que esto te libera de toda sospecha, Marina. Es obvio que ella misma se acaba de inculpar, no me queda la menor duda. No sé a nuestra hermana Petra, pero a mí me queda claro que en el momento de empujarte y caer se adueñó totalmente de tu personalidad, cosa que ya venía haciendo desde hace meses. En fin, no nos queda más que esperar los acontecimientos y continuar con nuestras vidas. Por cierto, Marina, me da mucho gusto ver que ustedes dos se han reconciliado, no era justo que terminaran un matrimonio tan bonito por causa de una mujer enferma como Rita.

Después de aquel día, no regresé más. No soportaba verla así y no quería provocar otro estallido de odio en mi contra. Los problemas físicos y mentales continuaron para Rita, su organismo mermaba cada vez más y comenzó a tener infecciones en los riñones y en los pulmones; las llagas aparecieron por permanecer tanto tiempo en cama y la hicieron sufrir tremendos dolores. Por fin, después de dos meses, su organismo desistió de la lucha y falleció. Petra volvió con la niña a Brownsville; Juan y Nancy, su esposa, fueron los que se ocuparon de todo. Juan me contó que Rita insistió hasta el último momento en que se llamaba Marina Ramírez.

EPÍLOGO

Ya va a hacer un año que murió Rita... claro que fue terrible y lo sentí muchísimo, pero eso me dio la oportunidad de acercarme a Marina y de obtener su perdón por mi traición. Hubiera sido un tonto si no hubiera aprovechado la fragilidad en que se encontraba. Desde el accidente me di cuenta de que Marina necesitaba apoyo; ella, siempre tan fuerte y decidida se volvió taciturna y dependiente. Por supuesto que le ofrecí todo mi apoyo moral y económico para que saliera adelante: desde mi desinteresada compañía hasta contratar al mejor abogado para que la exculparan de todo. No quise presionarla, pero le dejé saber claramente que me ponía a su disposición noche y día y que haría todo lo que estuviera en mis manos para ayudarla.

Después, cuando Rita falleció, Marina se vino abajo definitivamente, entró en un estado tal de ansiedad y angustia que tuvo que recurrir a un psiquiatra. Su condición llegó al grado de tener que pedir un permiso por incapacidad en la universidad porque no podía concentrarse en nada, empezó a tener dificultad para salir sola porque le daban ataques de pánico. El médico le dio ansiolíticos y antidepresivos además de terapia psicológica.

Con el tiempo y la ayuda, Marina mejoró y recobró en parte su fortaleza. No sé si por agradecimiento o por resignación, fue aceptándome poco a poco, primero permitía que la abrazara, luego que la besara y finalmente me volvió a aceptar en su cama. En el fondo sé que ella podrá haberme perdonado, pero no va a olvidar nunca mi traición porque es demasiado orgullosa para eso. Nunca volvimos a hablar del asunto.

Lo que significó para mí acostarme con Rita sólo yo lo sé y lo sabré el tiempo que me quede de vida. Esos recuerdos los llevo escondidos en lo más profundo de mi cerebro; sin embargo, en momentos como el de ahora, surgen sin que yo pueda evitarlo y me inundan como si fueran oleadas y estuvieran a punto de derramarse por todos los orificios de mi cabeza.

Marina había sido todo para mí hasta que conocí a Rita, desde aquella vez en Acapulco quedé impresionado por su belleza y personalidad. Creí que la impresión pasaría y la olvidaría, pero cuando apareció de nuevo en nuestras vidas... es que yo debí haberme opuesto a que viviera con nosotros, pero no pude negarle a Marina la oportunidad de reencontrarse con su hermana y yo estaba seguro de que podía manejarme con la inteligencia e ignorar la tremenda atracción sexual que me provocaba Rita, lo que obviamente no pude hacer. Fue ahí cuando empezaron las desgracias, el día que pensé que me conocía...

Nunca me engañé en mi relación con Marina. La amé desde siempre, pero también siempre supe que ella no sentía la misma pasión por mí, me quiso a su modo: con el tipo de amor tranquilo y condescendiente, con agradecimiento; con la admiración y la conveniencia del estatus que le di; con la certeza de tener una buena compañía para la madurez; nuestra relación sexual era placentera, serena, con sentimientos mutuos de ternura y ese amor que es agradable, pero tibio.

Rita era la misma mujer pero con una fogosidad que me condujo a estados más allá de lo descriptible. Esos ojos que hablaban y me convencieron de que me iban a transportar a un paraíso que sólo con ella podría conocer. Esa dulzura con la que de pronto me trataba y luego esa fiereza con la que actuaba. Era como un gato, un gato que se repega junto a ti para que lo acaricies y súbitamente te araña o te muerde, eso era Rita. ¿Cómo fui cayendo? Primero con sus miradas; después con su andar de animal en celo; luego con sus manos que me tocaban accidentalmente; y, por último, con su olor que era una mezcla de flores y sudor. Era una diosa disfrazada de mujer; y en la cama, un ángel demoniaco que me enloqueció sin remedio.

Yo no fui un traidor, fui una víctima de esas dos mujeres, y no soy un hipócrita... A pesar de la culpa que arrastro, si tuviera la oportunidad de regresar atrás no cambiaría nada... ¡Estoy seguro de que lo volvería a hacer! La experiencia de haber tenido a dos mujeres que eran como una sola valió más que todo lo demás que hice en mi vida.

Ahora Rita está muerta y me alegra porque la tentación desapareció junto con ella.

Cuando miro hacia el pasado y me doy cuenta de las condiciones en que ahora me encuentro me parece que la locura que cometí al enredarme con Rita es lo único importante que hice en la vida y que el resto fue pura mierda.

¡Maldito dolor! No lo soporto, necesito más morfina. Veo mi mano que tiembla al buscar el timbre para llamar a la enfermera, siento lástima de mí mismo.

Todo sucedió tan rápido: hace apenas tres meses vivía feliz por haber recuperado a mi familia y un día cualquiera al estarme rasurando me encontré una bolita en el cuello, primero no le di ninguna importancia, pero creció... y luego salió otra. Médicos, biopsias, radioterapia, quimio, soledad, tormento, hasta llegar a la realidad que me cuesta trabajo asimilar: encontrarme aquí en una cama de hospital con un cáncer terminal en espera de la muerte.

Pobre de mi Marina que se queda sola con dos hijos, casi todo el tiempo está aquí conmigo, yo le pido que se vaya a descansar, la veo pálida y ojerosa. Desde que le dije que me habían salido estas bolitas en el cuello vi cómo se aterró y se echó a llorar, yo la abracé y la oí murmurar algo incomprensible... no recuerdo bien... algo acerca del poder de Rita para deshacer entuertos...

www.ingramcontent.com/pod-product-compliance
Lightning Source LLC
Chambersburg PA
CBHW020416180626
46812CB00003B/1011

*9 7 8 1 6 3 0 6 5 1 3 0 5 *